Collection folio junior

dirigée par
Jean-Olivier Héron
et Pierre Marchand

Claude Lapointe a mis en image *Le Cygne*. Né en 1938 en Lorraine, Claude Lapointe a collaboré et collabore à de nombreux magazines destinés aux jeunes : *Pilote, Okapi, Pomme d'Api, Piranha.* On lui doit la silhouette de « Pierre l'Ebouriffé » chez Harlin Quist, et l'illustration d'un *Petit Poucet* chez Grasset.
Chez Gallimard, il a illustré la célèbre *Guerre des Boutons,* de Louis Pergaud, dessiné pour la collection Folio Junior la couverture de *La fameuse invasion de la Sicile par les ours* de Dino Buzzati, et bien d'autres livres encore.

Graphiste et illustrateur, **William Geldart** est en Angleterre un artiste très connu. Il possède sa propre galerie où il expose et vend ses œuvres.
Affectionnant surtout le noir et le blanc, qu'il manie à la perfection dans le dessin animalier et la représentation de paysages, Geldart a signé les illustrations délicates et précises de *Kes, Le Renard rouge et les tambours fantômes* et *Les Contes de la brousse fauve, Un poney dans la neige* dans la collection Folio Junior. Il est l'auteur des illustrations de *La merveilleuse histoire de Henry Sugar*.

C'est au pays de Galles que **Roald Dahl** est né. Ses parents étaient norvégiens.

Il passe sa jeunesse en Angleterre et, à l'âge de dix-huit ans, part pour l'Afrique, où il travaille dans une compagnie pétrolière. Pendant la Seconde Guerre mondiale, il est pilote de chasse dans la Royal Air Force.

Il se marie en 1952, et il a maintenant quatre enfants.

Après toutes ces aventures, Roald Dahl s'est mis à écrire : des histoires souvent insolites comme *James et la grosse pêche, Charlie et la Chocolaterie, Le Bon Gros Géant,* ou humoristiques comme *Fantastique Maître Renard, Sacrées Sorcières,* toutes publiées dans la collection « Folio Junior ».

Titre original :
The Swan
et *The marvellous Story of Henry Sugar*

Roald Dahl

Le cygne

suivi de
La merveilleuse histoire de Henry Sugar

Traduit de l'anglais
par Marie-Raymond Farré

Illustrations de Claude Lapointe
et William Geldart

Gallimard

Le cygne

Ernie avait reçu un 22 long rifle pour son anniversaire. Ce jour-là, à neuf heures et demie du matin, son père, affalé sur le divan, regardait déjà la télé.

— Montre-nous ce que tu peux tuer, fils, lui dit-il. Rends-toi utile. Ramène-nous un lapin pour dîner.

— Y a des lapins dans le grand champ, après le lac, dit Ernie. J'en ai vu.

— Alors, sors et tue-m'en un, dit le père en grattant, avec une allumette cassée, un bout de son petit déjeuner qui était resté coincé entre ses dents de devant. Tue-moi un lapin.

— J'en tuerai deux, dit Ernie.

— Et au retour, continua le père, achète-moi un demi de bière brune.

— Donne-moi l'argent, dit Ernie.

Sans quitter l'écran de télé des yeux, le père sortit de sa poche un billet d'une livre.

— Et n'essaie pas de me piquer la monnaie comme la dernière fois, dit-il. Si tu fais ça, je te frotterai les oreilles, anniversaire ou pas.

— T'en fais pas, dit Ernie.

— Et si tu veux t'exercer à viser, continua le père, le mieux, c'est les oiseaux. Regarde combien de moineaux tu peux tuer, hein ?

— D'accord, répondit Ernie. Y a des moineaux sur les bords du sentier. Les moineaux, c'est facile.

— Si tu crois ça, dit le père, ramène un roitelet. Les roitelets, c'est moitié gros comme les moineaux, et ça reste jamais en place. Et surtout, te tire pas un coup de fusil dans le bec, malin comme tu es !

— Voyons, Albert, lui dit sa femme en levant les yeux de l'évier. Ce n'est pas gentil de tirer sur les petits oiseaux à la saison des nids. Les lapins, ça m'est égal, mais les petits oiseaux quand ils font leurs nids, c'est autre chose.

— La ferme, dit le père. Personne te demande ton avis.

Il s'adressa à Ernie :

— Ecoute-moi, mon garçon, n'exhibe pas cet engin dans la rue, parce que t'as pas de permis. Mets-le dans la poche de ton pantalon, et sors-le quand tu seras dans la campagne. D'accord ?

— T'inquiète pas, dit Ernie.

Il prit le fusil, une boîte de munitions, et sortit pour voir ce qu'il pouvait tuer. C'était un gros lourdaud et, ce jour-là, il venait d'avoir quinze ans. Comme son routier de père, il avait de petits yeux bridés très rapprochés. Sa bouche était molle avec des lèvres souvent humides. Elevé dans une famille où la violence était un fait quotidien, lui-même était extrêmement violent. Souvent, les samedis après-midi, avec une bande d'amis, il allait voir des matches de football en train ou en autobus et, s'ils ne participaient pas à une bonne bagarre avant de retourner chez eux, ils avaient raté leur journée. Il aimait beaucoup attraper des petits garçons, à la sortie de l'école, et leur tordre le bras. Puis il leur ordonnait de dire des insultes ou des saletés sur leurs parents.

— Aouh ! S'il te plaît, Ernie, arrête !

— Dis-le ou je t'arrache le bras !

Ils obéissaient toujours.

Alors, il leur tordait encore un peu plus le bras et la victime éclatait en sanglots.

Le meilleur ami d'Ernie s'appelait Raymond. Il habitait quatre maisons plus loin et, lui aussi, il était grand pour son âge. Mais si Ernie était large et balourd, Raymond était grand, mince et musclé.

Devant la maison de Raymond, Ernie se mit deux doigts dans la bouche et lança un sifflement long et perçant. Raymond sortit.

— Regarde ce que j'ai eu pour mon anniversaire ! dit Ernie en montrant son fusil.

— Mince alors ! fit Raymond. Qu'est-ce qu'on va s'amuser !

— Allez, viens, lui dit Ernie. On va aller dans le grand champ, après le lac, et on se tirera un lapin.

Les deux garçons partirent. C'était un samedi matin du mois de mai, et la campagne, autour du petit village où vivaient les deux garçons, était magnifique. Les châtaigniers étaient en fleur et il y avait de l'aubépine blanche le long des haies. Pour rejoindre le champ aux lapins, Ernie et Raymond devaient d'abord descendre un sentier touffu pendant un demi-mile. Puis il fallait traverser la voie ferrée et contourner le grand lac où grouillaient des canards sauvages, des poules d'eau, des foulques noires et des merles à collier. Après le lac, de l'autre côté de la colline, c'était le champ aux lapins, un terrain privé qui appartenait à M. Douglas Highton, et le lac lui-même était un refuge pour le gibier d'eau.

Le long du chemin, chacun son tour, ils tirèrent des coups de fusil sur les petits oiseaux dans les buissons. Ernie tua un bouvreuil et un moineau,

Raymond un autre bouvreuil, une fauvette et un bruant jaune. Ils attachaient chaque oiseau tué à une corde. Raymond avait toujours dans la poche de sa veste une grosse pelote de ficelle et un couteau. Maintenant, cinq oiseaux pendaient à la corde.

— Tu sais, dit Raymond, on peut les manger.

— Ne dis pas de bêtises, dit Ernie.

Y a pas assez de chair pour nourrir une punaise des bois.

— Si, y en a, dit Raymond. Les Français les bouffent et pareil pour les Haïtiens. M. Sanders nous l'a raconté, en classe. Il paraît que les Français et les Haïtiens tendent des filets, en attrapent par millions et puis les mangent.

— Alors, d'accord, dit Ernie. Voyons combien on en attrape. Après, on les ramènera à la maison et on les mettra dans le ragoût de lapin.

Tout en avançant, ils tiraient sur tous les petits oiseaux qu'ils voyaient.

Lorsqu'ils arrivèrent à la voie ferrée, quatorze petits oiseaux pendaient au bout de la corde.

— Hé ! chuchota Ernie en tendant le bras. Regarde, là-bas !

Le long de la voie ferrée, il y avait un bouquet d'arbres et de buissons et, à côté de l'un des buissons, un petit garçon. Il regardait les branches d'un vieil arbre à travers une paire de jumelles.

— Tu sais qui c'est ? chuchota Raymond. C'est ce petit imbécile de Watson !

— T'as raison ! murmura Raymond. Cette ordure de Watson !

Peter Watson était leur ennemi juré. Ernie et Raymond le détestaient parce qu'il représentait pratiquement tout ce qu'ils n'étaient pas. C'était un frêle petit garçon, à la figure criblée de taches de rousseur, qui portait des lunettes à gros verres. Brillant élève, calme et poli, il était déjà dans les grandes classes alors qu'il n'avait que treize ans. Et son père ne conduisait pas un camion et ne travaillait pas en usine, mais à la banque.

— Flanquons la frousse à ce petit imbécile, chuchota Ernie.

Les deux grands garçons se glissèrent auprès du petit qui ne les avait pas vus parce qu'il regardait toujours avec ses jumelles.

— Haut les mains ! hurla Ernie en pointant son fusil.

Peter Watson sursauta. Il abaissa ses jumelles et fixa les deux intrus derrière ses lunettes.

— Allez ! hurlait Ernie. Haut les mains !

— A votre place, je ne braquerais pas ce fusil comme ça, dit Peter Watson.

— C'est nous qui commandons ! dit Ernie.

— Allons, dit Raymond. Obéis si tu veux pas un gnon dans les boyaux !

Peter Watson ne bougeait pas et tenait toujours ses jumelles entre ses mains. Il regarda Raymond, puis Ernie. Il n'avait pas peur mais il était trop malin pour jouer le fanfaron avec ces deux garçons qui le persécutaient depuis des années.

— Que voulez-vous ? demanda-t-il.

— Que tu lèves les bras ! hurla Ernie.

Tu comprends pas, quand on te parle ?

Peter Watson ne bougea pas.

— Je compte jusqu'à cinq, dit Ernie. Et si tu les lèves pas, t'auras un gnon dans les boyaux ! Un... deux... trois...

Peter Watson leva lentement les bras au-dessus de la tête. C'était le seul acte raisonnable à faire. Raymond s'avança et lui arracha les jumelles de la main.

— Qu'est-ce que c'est ? glapit-il. Tu espionnais qui ?

— Personne.

— Mens pas, Watson. On se sert de ces trucs pour espionner. Je parie que tu nous espionnais ! C'est vrai, hein ? Avoue !

— Je ne vous espionnais pas du tout !

— Fous-lui une baffe sur l'oreille ! dit Ernie. Apprends-lui à pas nous raconter de blagues !

— Minute, dit Raymond. Je me prépare.

Peter Watson cherchait les moyens de s'échapper. Tout ce qu'il pouvait faire, c'était se retourner et s'enfuir, mais ils l'attraperaient aussitôt. Et s'il appelait au secours, personne ne l'entendrait.

Donc, il ne lui restait plus qu'à garder son calme et à essayer de se tirer de la situation en parlant.

— Garde les mains en l'air ! aboya Ernie en agitant doucement le canon du fusil comme il l'avait vu faire aux gangsters, à la télé. Viens, morveux, amène-toi ! Peter obéit.

— Alors, tu nous espionnais ? demanda Raymond. Avec ça !

— J'observais un pivert, répondit Peter.

— Un quoi ?

— Un pivert mâle. Il perçait le tronc de ce vieil arbre mort pour trouver des vers.

— Où est-il ? aboya Ernie en levant son fusil. Je vais le tuer !

— Non, dit Peter en regardant la corde aux petits oiseaux suspendue à l'épaule de Raymond. Il s'est envolé quand tu as hurlé. Les piverts sont très peureux.

— Pourquoi tu l'observais ? demanda Raymond, méfiant. Qu'est-ce qu'y a ? T'as rien de mieux à faire ?

— C'est amusant d'observer les oiseaux, répondit Peter. Beaucoup plus amusant que de leur tirer dessus.

— Espèce de sale petit effronté ! s'écria Ernie. T'aimes pas tirer sur les oiseaux, hein ? C'est ça ?

— Ça ne rime à rien.

— Tu aimes rien de ce qu'on fait, hein ? dit Raymond.

Peter ne répondit pas.

— Alors, laisse-moi te dire quelque chose, continua Raymond. Nous, on aime pas non plus ce que tu fais.

Peter commençait à avoir mal aux bras.

Il décida de prendre un risque et, lentement, abaissa les bras.

— En l'air ! hurla Ernie.

— Et si je refuse ?

— Mince alors ! T'as un sacré culot ! dit Ernie. Pour la dernière fois, les mains en l'air, sinon j'appuie sur la détente !

— Ce serait un crime, dit Peter, et vous auriez affaire à la police.

— Et toi, tu aurais affaire à l'hôpital ! répliqua Ernie.

— Allez-y, tirez, dit Peter. On vous enverra en maison de redressement.

Ernie hésita.

— Tu le veux vraiment, hein ? fit Raymond.

— Je veux qu'on me laisse tranquille, dit Peter. Je ne vous ai rien fait.

— Petit morveux, prétentieux ! dit Ernie. Espèce de petit morveux prétentieux !

Raymond chuchota quelque chose à l'oreille d'Ernie. Celui-ci écouta attentivement, se tapa sur les cuisses et s'écria :

— Génial ! Idée formidable !

Ernie posa son fusil par terre et se dirigea vers le jeune garçon. Il l'attrapa et le jeta à terre. Raymond sortit le rouleau de ficelle de sa poche et en coupa un bout. Ensemble, ils lui tirèrent les bras en avant et lui attachèrent solidement les poignets.

— Aux jambes, maintenant ! dit Raymond.

Peter se débattit et reçut un direct dans l'estomac. Cela le fit se plier en deux et il se calma. Puis ils lui lièrent les chevilles. A présent, il était ficelé comme un poulet, et complètement sans défense.

Ernie ramassa son fusil et, de l'autre main, saisit un des bras de Peter. Raymond lui attrapa l'autre bras et ils se mirent à traîner le jeune garçon sur

l'herbe, en direction de la voie ferrée. Peter gardait son calme. Il ne savait pas ce qu'ils mijotaient, mais, en tout cas, leur parler ne servirait à rien.

Ils traînèrent leur victime sur le talus et sur les rails. Puis l'un lui prit les bras, l'autre les jambes, ils le soulevèrent et l'allongèrent juste entre les deux rails.

— Pas ça ! Vous êtes fous ! s'écria Peter.

— Et pourquoi ? C'est rien qu'une petite leçon pour t'apprendre à moins faire le malin.

— Encore de la ficelle, dit Ernie.

Raymond sortit la pelote de ficelle. Les deux grands commencèrent à attacher leur victime autour des rails. Ils lui lièrent les bras, le tronc et les chevilles, de telle sorte qu'il ne puisse plus s'enfuir. Lorsqu'ils eurent terminé, Peter Watson était ligoté et immobilisé entre les rails. Il pouvait seulement agiter la tête et les pieds.

Ernie et Raymond reculèrent pour contempler leur œuvre.

— Joli boulot, dit Ernie.

— Y a des trains toutes les demi-heures, dit Raymond. On va pas attendre longtemps.

— C'est un meurtre ! cria le jeune garçon étendu entre les rails.

— Non, lui dit Raymond. Ça n'a rien à voir.

— Libérez-moi ! S'il vous plaît, libérez-moi ! Si le train arrive, je vais me faire écraser !

— Si tu te fais écraser, moutard, dit Ernie, ce sera ta faute. Parce que si tu lèves la tête comme tu fais maintenant, tu es cuit, mon vieux ! Aplatis-toi bien et peut-être que tu t'en sortiras. Mais peut-être que non, parce que je sais pas quelle hauteur y a sous les trains. Tu verras, toi. Raymond, est-ce que tu sais, toi ?

— C'est pas très haut, répondit Raymond. Ils sont toujours très près du sol.

— Alors, peut-être que ça suffira ou peut-être que non, dit Ernie.

— Ça suffira pas, dit Raymond. Ce serait sans doute assez pour quelqu'un d'ordinaire, comme toi ou moi. Mais pour M. Watson, je sais pas et je t'explique.

— Vas-y, l'encouragea Ernie.

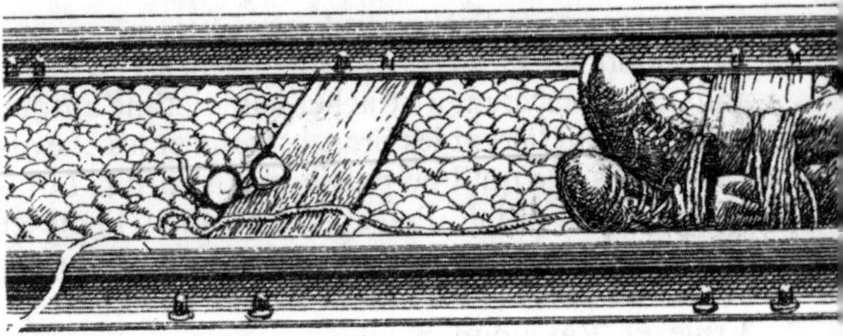

— C'est que M. Watson a une super-grosse tête. Il a une si grosse tête que, moi, je crois que le train l'attrapera, de toute façon. Je dis pas qu'il lui arrachera la tête, attention. En fait, je suis sûr que non, mais ça va lui faire un joli rasage, ça, tu peux me croire.

— T'as raison, dit Ernie.

— C'est pas intéressant d'avoir une grosse tête avec une grosse cervelle si tu es étendu sur une voie ferrée, avec un train qui arrive. Vrai, hein, Ernie ?

— T'as raison, dit Ernie.

Les deux grands garçons regrimpèrent sur le talus et s'assirent sur l'herbe, derrière des buissons. Ernie sortit un paquet de cigarettes et tous deux commencèrent à fumer.

Peter Watson, étendu sans défense entre les rails, se rendait compte à présent qu'ils n'allaient pas le libérer. C'était des fous dangereux qui vivaient dans l'instant sans se soucier des conséquences. « Je dois rester calme et réfléchir », se dit Peter. Complètement immobile, il pesait ses chances. Elles étaient bonnes. Ce qui était le plus haut, chez lui, c'était la tête, surtout le bout du nez. Il pensait que le bout de son nez devait dépasser d'environ quatre pouces au-

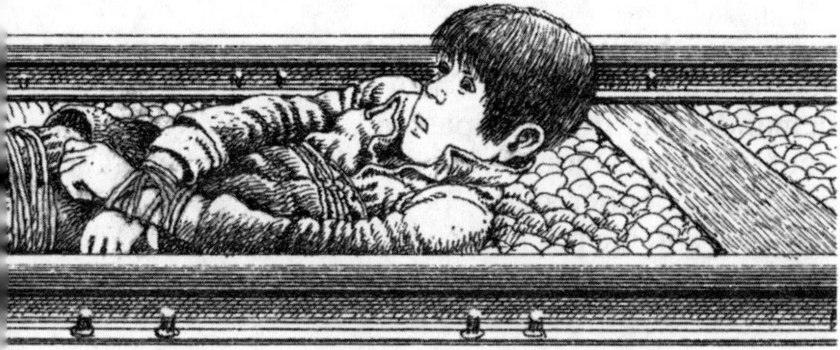

dessus des rails. Etait-ce trop ? Il ne savait pas exactement à quelle distance ces diesels roulaient au-dessus du sol. Ce n'était certainement pas énorme. Le derrière de sa tête reposait sur du gravier entre deux traverses. Il devait essayer de s'enfoncer un peu plus. Il se mit donc à agiter la tête d'un côté et de l'autre, et parvint à se creuser un petit trou en repoussant du gravier. A la fin, il se dit qu'il avait abaissé sa tête de deux pouces supplémentaires. Pour la tête, cela irait, mais pour les pieds ? Eux aussi dépassaient. Il régla le problème en balançant ses deux pieds liés sur le côté et en les mettant bien à plat. Il attendit l'arrivée du train.

Est-ce que le conducteur le verrait ? C'était très peu probable car il s'agissait de la ligne principale Londres-Doncaster-York-Newcastle-Ecosse. On utilisait de longues et énormes machines et le conducteur, assis dans sa cabine, à l'arrière, ouvrait l'œil pour observer les signaux. De plus, sur cette voie, les trains roulaient à environ quatre-vingts miles à l'heure. Peter le savait. Il les avait souvent regardés passer, assis sur le talus. Plus jeune, il notait leurs numéros sur un carnet et parfois leurs noms, inscrits sur les côtés en lettres dorées.

De toute façon, se dit-il, il aurait une peur bleue,

avec ce bruit assourdissant et ce coup de vent à quatre-vingts à l'heure. Un moment, il se demanda si le train, en passant, ne l'aspirerait pas. Peut-être bien. Donc, quoi qu'il arrivât, il devait se concentrer entièrement pour plaquer son corps contre le sol. Ne pas se relâcher. Rester raide, tendu, et se plaquer à terre.

— Qu'est-ce que tu fabriques, face de rat ? lui cria l'un des deux, de derrière les buissons. Qu'est-ce que ça fait d'attendre la guillotine ?

Peter ne répondit pas. Il regardait le ciel bleu, au-dessus de sa tête où seul, un énorme cumulus flottait lentement de gauche à droite. Et, pour détourner son esprit de ce qui allait se passer bien-

tôt, il joua à un jeu que son père lui avait appris, longtemps auparavant, par une chaude journée d'été, alors qu'ils étaient étendus dans l'herbe, au-dessus des falaises de Beachy Head. Le jeu consistait à découvrir des visages étranges dans les formes et les gris des cumulus. Peter fit le tour du nuage des yeux. A un endroit, il découvrit un barbu borgne, à un autre, une sorcière au menton en galoche qui ricanait. Un avion traversa le nuage d'est en ouest, un petit monoplace au fuselage rouge. « Un Piper Club », se dit-il. Il le regarda disparaître.

Et brusquement, il entendit une curieuse petite vibration qui provenait des rails, à ses côtés. C'était un bruit très doux, à peine audible, un minuscule roulement, au loin, qui courait le long des rails.

« Le train ! » se dit-il.

La vibration augmentait. Il leva la tête et regarda la longue ligne de chemin de fer, toute droite, qui s'étendait à un mile ou plus. Alors, il aperçut le train. D'abord, ce ne fut qu'un point, une tache noire, mais pendant les quelques secondes qu'il leva la tête, la tache grossit, se mit à prendre forme et, bientôt, elle devint l'énorme face carrée d'un diesel express. Peter baissa vite la tête et l'enfonça fort dans le petit trou qu'il avait creusé au milieu du gravier. Il fit basculer ses pieds sur le côté, puis il ferma les yeux et essaya de s'enfoncer dans le sol.

Le train passa sur lui. Ce fut comme une explosion, comme un fusil qui lui éclata dans la tête. Et en même temps, il y eut un vent hurlant et fracassant, une sorte d'ouragan qui lui cracha dans le nez jusque dans les poumons. Le bruit fut écrasant, le vent l'étouffa. Il eut l'impression d'être avalé vivant et englouti dans le ventre d'un horrible monstre hurlant.

Puis ce fut tout. Le train avait disparu. Peter ouvrit les yeux et vit le ciel bleu avec le nuage blanc qui glissait au-dessus de lui. Tout était fini, à présent, et il avait réussi. Il vivait toujours.

— Le train l'a raté, dit une voix.

— Dommage ! fit une autre voix. Il jeta un coup d'œil sur le côté et vit les deux grosses brutes penchées sur lui.

— Libère-le, dit Ernie, Raymond coupa les cordes qui le liaient aux rails.

— Défais-lui les pieds pour qu'il puisse marcher, mais pas les mains, dit Ernie.

Raymond défit les liens autour des chevilles de Peter.

— Lève-toi, ordonna Ernie.

Peter se leva.

— Tu es toujours prisonnier, moutard, lui dit Ernie.

— Et les lapins ? demanda Raymond. Je croyais qu'on allait essayer d'en tuer quelques-uns.

— On a le temps, répliqua Ernie. En chemin, on jettera le petit morveux dans le lac.

— Bonne idée, dit Raymond. Ça le calmera.

— Vous vous êtes bien amusés, dit Peter Watson. Alors, pourquoi ne me laissez-vous pas partir, maintenant ?

— Parce que tu es notre prisonnier, dit Ernie. Et pas n'importe quel prisonnier, tu es un espion. Et tu sais ce qui arrive aux espions, quand on les pince ? On les met contre un mur et on les fusille !

A partir de ce moment, Peter ne dit plus mot. Ce n'était pas la peine de les provoquer. Moins il leur parlerait, moins il leur résisterait, plus il aurait de chances d'échapper à leurs coups. Nul doute, d'après leur humeur, ils pouvaient lui faire sérieusement mal. Il savait parfaitement qu'une fois Ernie avait cassé le bras de Wally Simpson, à la sortie de l'école, et que les parents de Wally étaient allés trouver la police. Il avait entendu Raymond se vanter de « shooter dans les buts » aux matches de football où il allait. Cela signifiait qu'il donnait des coups de pied au visage ou sur le corps d'une personne qui se trouvait à terre. Ces deux-là étaient des voyous et, d'après ce que Peter lisait presque tous les jours dans le journal de son père, ils n'étaient pas les seuls. On aurait dit que tout le pays était infesté de voyous qui détruisaient l'intérieur des trains, participaient à des batailles rangées dans les rues avec des couteaux, des chaînes de vélo et des barres de fer, attaquaient les piétons, surtout les autres jeunes garçons isolés, et détérioraient les cafés au bord de la route. Ernie et Raymond n'étaient peut-être pas encore des voyous qualifiés, mais ils en prenaient nettement le chemin.

Donc, se dit Peter, il devait toujours rester passif. Ne pas les insulter. Ne pas les irriter. Et, surtout, ne pas essayer de les affronter physiquement. Alors, peut-être y avait-il un espoir qu'ils finissent par se fatiguer de leur vilain petit jeu et qu'ils s'en aillent tuer les lapins.

Les deux grands garçons avaient pris chacun un bras de Peter et ils l'entraînaient à travers le champ qui menait au lac. Les poignets du prisonnier étaient toujours liés. Ernie portait le fusil de sa main libre et Raymond les jumelles qu'il avait prises à Peter. Ils arrivèrent au lac.

Le lac était magnifique par ce matin doré du mois de mai. Il était long et assez étroit, bordé de saules. Au milieu, l'eau était claire et nette mais, près de la rive, elle était envahie de joncs et de roseaux.

Ernie et Raymond firent avancer leur prisonnier jusqu'au bord du lac et, là, ils s'arrêtèrent.

— Et maintenant, dit Ernie, voilà ce que je propose. Tu lui prends les bras, je lui prends les pieds, et une-deux-trois ! on balance le petit morveux dans ce joli tas de roseaux au milieu de la boue.

Qu'est-ce que t'en dis ?

— Bonne idée ! dit Raymond. Et on lui détache pas les bras et les pieds, hein ?

— Bien sûr que non, dit Ernie.

Qu'est-ce que tu dis de ça, petit morveux ?

— Je ne peux pas vous en empêcher, dit Peter en essayant de garder son calme.

— Essaie un peu et tu verras ! dit Ernie en souriant.

— Une autre question, dit Peter. Est-ce que vous avez déjà attaqué quelqu'un de votre taille ?

Au même instant, il réalisa qu'il avait commis une erreur. Les joues d'Ernie s'empourprèrent et une inquiétante lueur étincela dans ses petits yeux noirs.

Par chance, Raymond sauva la situation.

— Eh, regarde cet oiseau, dans les roseaux, là-bas ! hurla-t-il en tendant le doigt. Tuons-le !

C'était un canard sauvage avec un bec jaune recourbé en forme de cuillère et une tête vert émeraude avec une collerette blanche autour du cou.

— Ça, on pourra le manger ! continua Raymond. C'est un canard sauvage !

— Tuons-le ! cria Ernie.

Il lâcha le bras du prisonnier et épaula son fusil.

— C'est une réserve pour les oiseaux, dit Peter.

— Une quoi ? demanda Ernie en abaissant son fusil.

— Ici, personne ne doit tirer sur les oiseaux. C'est absolument interdit.

— Qui a dit ça ?

— Le propriétaire, M. Douglas Highton.

— Tu rigoles, dit Ernie en épaulant à nouveau. Il fit feu. Le canard s'écroula dans l'eau.

— Va le chercher, dit Ernie à Peter. Raymond, détache ses mains. Ça va être notre chien de chasse. Il rapportera les oiseaux qu'on tuera.

Raymond sortit son couteau et coupa la ficelle autour des mains du garçon.

— Allez ! glapit Ernie. Va chercher !

Le meurtre du beau canard avait bouleversé Peter.

— Je refuse, dit-il.

Ernie le frappa violemment à la figure de sa main. Peter ne tomba pas, mais un léger filet de sang se mit à couler de son nez.

— Espèce de petit morveux ! dit Ernie. Refuse une fois de plus et tu verras ! Je te promets de casser toutes tes belles dents blanches de devant, celles du haut et celles du bas. Tu comprends ça ?

Peter ne répondit pas.

— Réponds-moi ! aboya Ernie. Tu comprends ça ?

— Oui, répondit calmement Peter. Je comprends.

— Alors, vas-y ! hurla Ernie.

Peter descendit la rive, entra dans l'eau bourbeuse, à travers les roseaux, il ramassa le canard et le ramena.

Raymond le lui arracha des mains et lui ficela les pattes.

— Maintenant qu'on a un chien de chasse, voyons si on prend d'autres canards, dit Ernie.

Il marchait le long de la rive, le fusil à la main, scrutant les roseaux. Soudain, il s'arrêta, s'accroupit, mit un doigt sur ses lèvres.

— Chut ! fit-il.

Raymond alla le rejoindre. Peter se trouvait à quelques yards, le pantalon couvert de boue jusqu'aux genoux.

— Regarde, là-bas, chuchota Ernie en désignant un épais tas de joncs. Tu vois ce que je vois ?

— Mince alors ! s'écria Raymond. Qu'il est beau !

Peter, qui regardait à travers les roseaux, un peu plus loin, vit aussitôt qu'il s'agissait d'un magnifique cygne blanc, assis sereinement sur son nid. Le nid

lui-même était une énorme pile de joncs et de roseaux qui s'élevait à deux pieds au-dessus de l'eau. Le cygne trônait comme la dame blanche du lac. Il tourna la tête vers les garçons, sur la rive, attentif, en alerte.

— Dis donc ! fit Ernie. Ça, c'est mieux que les canards, hein ?

— Tu crois que tu peux l'avoir ? dit Raymond.

— Bien sûr ! Tu vas voir !

Peter commençait à se sentir fou de rage. Il s'avança vers les deux grands garçons.

— A votre place, je ne tuerais pas ce cygne, dit-il en se forçant à rester calme. Les cygnes sont les oiseaux les plus protégés d'Angleterre.

— Et quel rapport avec ça ? demanda Ernie avec mépris.

— Autre chose, continua Peter, abandonnant toute prudence. On ne tue jamais un oiseau installé sur son nid. Personne ne fait jamais ça ! Ce cygne protège peut-être ses petits. Vous ne devez absolument pas faire ça !

— Qui c'est qui l'a dit ? demanda Raymond en ricanant. C'est toi, petit morveux de Peter Watson ?

— Tout le monde le sait, répondit Peter. La loi, la police, tout le monde le dit !

— Pas moi ! dit Ernie en épaulant son fusil.

— Non ! hurla Peter. Non, je t'en prie !

Pan ! Le coup partit. La balle vint frapper le cygne en plein milieu de la tête, et le long cou blanc s'effondra sur le côté du nid.

— Je l'ai eu ! s'écria Ernie.

— Joli coup ! s'exclama Raymond.

Ernie se tourna vers Peter, le petit Peter qui était absolument pétrifié sur place, le visage blême.

— Maintenant, va chercher ! ordonna-t-il.

Une fois de plus, Peter ne bougea pas. Ernie s'avança près du jeune garçon, se pencha et rapprocha sa figure de la sienne.

— Pour la dernière fois, dit-il avec une inquiétante douceur, va chercher.

Peter avait des larmes qui coulaient, en descendant la rive. Il entra dans l'eau, pataugea jusqu'au cygne mort et le prit doucement entre les mains. En dessous, il y avait deux petits cygnes aux corps couverts de duvet jaune. Ils étaient blottis l'un contre l'autre, au milieu du nid.

— Y a des œufs ? hurla Ernie sur la rive.

— Non, répondit Peter. Il n'y a rien.

Pour rien au monde, il n'aurait laissé les petits sous la garde d'Ernie et de Raymond. Peut-être y avait-il une chance pour qu'à son retour le cygne mâle continue à les nourrir lui-même, s'ils étaient toujours dans leur nid. Peter ramena le cygne mort au bord du lac et le posa par terre. Puis il se redressa et affronta les deux autres. Ses yeux toujours mouillés de larmes étincelaient de fureur.

— Quelle chose infecte ! hurla-t-il. C'était un acte de vandalisme inutile et stupide ! Vous êtes deux idiots ignorants ! C'est vous qui devriez être morts, à la place du cygne ! Vous n'êtes pas dignes de vivre !

Il se dressait de toute sa petite taille, superbe, en face des deux grands garçons, sans plus songer à ce qu'ils lui avaient fait.

Cette fois-ci, Ernie ne le frappa pas. Il sembla juste un peu déconcerté, tout d'abord, par cette explosion de colère, mais il se reprit vite. Ses lèvres molles et humides se retroussèrent en un sourire rusé et ses petits yeux rapprochés se mirent à luire de méchanceté.

— Tu aimes les cygnes, pas vrai ? demanda-t-il doucereusement.

— J'aime les cygnes et je vous déteste ! cria Peter.

— Et si je ne me trompe pas, tu préférerais que ce satané cygne soit vivant ? continua Ernie, souriant toujours.

— Quelle question idiote ! hurla Peter.

— Il a besoin d'une bonne leçon ! dit Raymond.

— Attends, dit Ernie. Ça vient.

Il se retourna vers Peter.

— Et si je faisais revivre ce cygne et qu'il vole dans le ciel, tu serais content, hein ?

— Encore une question idiote ! s'écria Peter. Tu te prends pour qui ?

— Je vais te répondre, dit Ernie. Je suis un magicien. Et, pour te faire plaisir, je vais faire un tour de magie, et ce satané cygne va ressusciter et se mettre à voler dans le ciel.

— Quelle idiotie ! dit Peter. Je m'en vais !

Il tourna le dos et s'éloigna.

— Rattrape-le ! dit Ernie.

Raymond le rattrapa.

— Laissez-moi tranquille ! cria Peter.

Raymond lui donna une violente gifle.

— Allons, dit-il, ne mets pas tonton en colère, sinon, ça te fera mal.

— Donne-moi ton couteau, dit Ernie en tendant la main.

Raymond lui tendit son couteau. Ernie s'agenouilla près du cygne et déploya l'une de ses énormes ailes.

— Regarde ça ! dit-il.

— Tu as une idée géniale ? demanda Raymond.

— Attends un peu, dit Ernie.

Avec le couteau, il se mit à séparer l'aile du corps. Il y a une articulation qui relie le corps à l'aile. Ernie la localisa, y planta son couteau et traversa le tendon. Le couteau aiguisé coupait bien et l'aile se détacha vite. Ernie retourna le cygne et fit de même avec l'autre aile.

— La ficelle ! dit-il en tendant la main à Raymond.

Raymond observait, fasciné, tout en tenant solidement Peter par le bras.

— Où c'est que t'as appris à découper comme ça ? demanda-t-il.

— J'ai appris avec des poulets, répondit Ernie. A la ferme, on tuait des poulets, on les découpait en morceaux et on les expédiait à un magasin, à Aylesbury. Passe-moi la ficelle.

Raymond lui donna la pelote. Ernie en coupa six bouts d'un yard chacun. Ernie prit l'une des ailes et se mit à attacher les bouts de la ficelle tout le long des gros os qui la soutiennent. Lorsqu'il eut terminé, il souleva l'aile avec les six bouts de ficelle qui pendouillaient, et il dit à Peter :

— Tends le bras !

— Tu es fou ! hurla le jeune garçon. Fou à lier !

— Fais-lui tendre le bras, dit Ernie à Raymond.

Raymond leva son poing fermé à la hauteur du visage de Peter et lui tapota doucement sur le nez.

— Tu vois ça, dit-il, eh bien, je te le ficherai dans la gueule si tu fais pas ce qu'on te dit. Compris ? Bon, tends le bras, comme un brave garçon.

Peter sentait sa résistance faiblir. Il ne pourrait plus tenir longtemps contre ces garçons. Pendant

quelques secondes il regarda fixement Ernie. Avec ses petits yeux noirs et rapprochés, Ernie donnait l'impression d'être capable de faire n'importe quoi s'il était vraiment en colère. Il pouvait même, pensa Peter, facilement tuer quelqu'un dans un accès de colère. Ernie, le voyou, s'amusait à des jeux cruels et ce ne serait pas très prudent de gâcher son plaisir. Peter tendit le bras.

Ernie commença à lui attacher les six bouts de ficelle au bras.

— Pas mal, hein ? fit Ernie en reculant pour voir son œuvre.

— A l'autre, dit Raymond qui avait compris où son ami voulait en venir. Tu vas pas le faire voler dans le ciel avec rien qu'une aile, pas vrai ?

— Ça vient, ça vient, dit Ernie.

Il s'agenouilla et attacha six autres bouts de ficelle tout le long de la deuxième aile. Il se releva.

— L'autre bras, dit-il.

Peter, qui se sentait malade et ridicule, tendit l'autre bras. Ernie le ficela étroitement à l'autre aile.

— Bon, s'écria Ernie en battant des mains et en dansant la gigue sur l'herbe. Maintenant on a un vrai cygne vivant ! Je t'ai pas dit que j'étais magicien ? Je t'ai pas dit que j'allais faire un tour de magie ? Que le cygne mort allait revivre et voler dans le ciel ? Je te l'ai pas dit ?

C'était un beau matin du mois de mai et le soleil brillait. Peter était planté là, près du lac, avec ces grandes ailes ensanglantées et sans vie qui pendouillaient, grotesques, à ses bras.

— Vous avez fini ? demanda-t-il.

— Les cygnes, ça parle pas, dit Ernie. Ferme ton sale bec, moutard. Et garde tes forces, parce que tu vas en avoir besoin quand tu voleras dans le ciel. Ernie ramassa son fusil par terre, prit Peter par la peau du cou.

— Marche ! dit-il.

Ils marchèrent sur la rive jusqu'à un saule magnifique. Ils s'arrêtèrent à cet endroit. C'était un grand saule pleureur et ses longues branches pendaient d'une bonne hauteur, touchant presque la surface de l'eau.

— Maintenant, le cygne magique va nous montrer son vol magique ! annonça Ernie. Monsieur le cygne, vous allez grimper tout en haut de l'arbre, vous allez étendre les ailes comme un bon petit cycygne, et puis vous vous envolerez !

— Fantastique ! s'écria Raymond. Formidable ! J'adore ça !

— Moi aussi, dit Ernie. Parce qu'on va voir si ce

malin petit cy-cygne est si malin. Il est rudement malin à l'école, ça, on le sait, il est premier partout, il fait tout bien, mais on va voir s'il est toujours aussi malin quand il est au sommet de l'arbre. D'accord, monsieur Cygne ?

Il poussa Peter vers l'arbre. « Jusqu'où ira cette folie ? » se demandait Peter. Lui-même commençait à se sentir un peu fou, comme si tout était devenu irréel, comme si rien ne se passait vraiment. Mais la pensée d'être à la cime de l'arbre, enfin hors de portée de ces voyous, le soulageait grandement.

Quand il serait là-haut, il y resterait. Il ne pensait pas qu'ils monteraient le poursuivre. Et même s'ils le faisaient, il pourrait sûrement leur échapper en grimpant sur une branche mince qui ne supporterait pas le poids de deux personnes.

L'arbre était très facile à escalader, avec ses branches basses. Il commença à grimper. Les grandes ailes blanches pendant à ses bras le gênaient mais cela n'avait pas d'importance. L'important, pour Peter, c'était que chaque pouce gravi l'éloignait de ses persécuteurs. Il n'avait jamais su très bien grimper aux arbres, mais rien au monde ne l'empêcherait d'atteindre la cime de celui-ci. Et une fois qu'il y serait, il serait sans doute caché par le feuillage.

— Plus haut ! hurla la voix d'Ernie. Continue !

Peter continuait à monter, et enfin il arriva à un endroit où il lui était impossible d'aller plus haut. Ses pieds reposaient sur une branche mince qui retombait gracieusement au-dessus du lac. Vers le sommet, il n'y avait que des branches fines mais celle à laquelle il s'accrochait était assez solide. Il se reposa un instant puis regarda en bas, pour la première fois. Il se trouvait très haut, à au moins

cinquante pieds du sol, et il ne voyait plus les garçons, près de l'arbre. Avaient-ils enfin disparu ?

— Très bien, monsieur Cygne ! fit la voix tant redoutée d'Ernie. Maintenant écoute bien !

Les deux garçons s'étaient rendus à un endroit d'où ils apercevaient nettement Peter. En baissant les yeux, celui-ci réalisa que les rares et maigres feuilles du saule ne le cachaient pas du tout.

— Ecoute bien, monsieur Cygne ! hurla la voix. Marche le long de ta branche ! Va au-dessus de cette charmante eau bourbeuse et décolle !

Peter ne bougea pas. Il se trouvait à cinquante pieds au-dessus d'eux et ils ne le rattraperaient plus jamais. En bas, il y eut un long silence qui dura peut-être une demi-minute. Ses yeux restaient fixés sur les deux silhouettes, dans le champ. Immobiles, les deux garçons le regardaient.

— Très bien, monsieur Cygne ! fit à nouveau la voix d'Ernie. Je vais comper jusqu'à dix, hein ? Si t'as pas battu des ailes, si tu t'es pas envolé, je te tire dessus avec mon petit fusil ! Et ça fera deux cygnes que j'aurais tués, au lieu d'un ! Alors, vas-y, monsieur Cygne ! Un !... Deux !... Trois !... Quatre !... Cinq !... Six !...

Peter restait immobile. Maintenant, plus rien ne le ferait bouger.

— Sept !... Huit !... Neuf !... Dix !...

Peter vit qu'il épaulait son fusil et le braquait sur lui. Pan ! Il entendit le coup partir et zip ! la balle siffla près de sa tête. C'était terrifiant. Mais il ne bougea pas. Il vit Ernie recharger son fusil.

— Dernière chance ! brailla Ernie. La prochaine fois, je t'aurai !

Peter attendait. Il regardait les deux garçons, debout dans le champ de boutons-d'or. Ernie épaula son fusil.

Pan ! Au même instant, la balle le toucha à la cuisse. Il n'eut pas mal mais le choc fut d'une violence inouïe, comme si quelqu'un l'avait frappé à la jambe avec un marteau. Il chancela et se retint de toutes ses forces à la petite branche qui plia et céda.

Certaines personnes, lorsqu'elles ont trop enduré et sont allées au-delà de leurs forces, s'écroulent et abandonnent. D'autres, bien plus rares, résistent encore, inexplicablement. On les rencontre en temps de guerre et en temps de paix. Leur âme est indomptable et rien — ni la douleur, ni la torture, ni la peur de mourir — ne les fait abandonner.

Le petit Peter Watson était de cette race. Tout en luttant pour ne pas tomber de l'arbre, il comprit soudain qu'il allait gagner. Il leva les yeux et aperçut une lumière qui brillait sur les eaux du lac, si belle, si étincelante qu'il ne put détourner son regard. Cette lumière l'appelait, l'entraînait. Il déploya les ailes et s'envola vers elle.

Trois personnes différentes racontèrent qu'elles virent un grand cygne blanc tournoyer au-dessus du village, ce matin-là : Emily Mead, l'institutrice, un nommé William Eyles, qui remplaçait les tuiles manquantes sur le toit de la pharmacie, et John Underwood, un petit garçon qui faisait voler un avion modèle réduit dans un champ, non loin de là.

Ce matin-là, Mme Watson qui lavait la vaisselle dans sa cuisine regardait par la fenêtre juste au moment où une énorme chose blanche s'écroulait sur la pelouse de son jardin. Elle se précipita au-dehors. Elle s'agenouilla à côté du petit corps recroquevillé de son fils unique.

— Oh, mon chéri ! s'écria-t-elle, au bord de l'hystérie, n'en croyant pas ses yeux. Mon chéri ! Que s'est-il passé ?

— J'ai mal aux jambes ! dit Peter en ouvrant les yeux.

Et il s'évanouit.

— Il saigne ! s'écria la mère.

Elle le prit dans ses bras et le rentra à la maison. Elle téléphona vite à un médecin et à une ambulance. Et, tout en attendant du secours, elle alla chercher une paire de ciseaux et se mit à couper les ficelles qui liaient les deux grandes ailes du cygne aux bras de son fils.

La merveilleuse histoire de Henry Sugar

Je dédie ce livre avec mon affection et ma sympathie à tous les adolescents (y compris mon fils et mes trois filles) qui traversent cette longue et difficile période de métamorphose où ils ne sont plus des enfants et pas encore des adultes.

Henry Sugar avait quarante et un ans. Il était riche et célibataire. Riche parce qu'il avait hérité d'un père riche. Célibataire parce qu'il était trop égoïste pour partager son argent. Il mesurait un mètre quatre-vingt-cinq, mais il n'était pas vraiment aussi beau qu'il le pensait. Il prêtait grande attention à ses habits. Il se faisait faire ses costumes chez un tailleur de renom, ses chemises chez un chemisier et ses souliers chez un bottier.

Il utilisait une eau de toilette très coûteuse et une crème à l'huile de tortue pour adoucir les mains.

Un coiffeur lui coupait les cheveux tous les dix jours, en même temps qu'une manucure s'occupait de ses mains. Ses dents de devant avaient été refaites pour un prix exorbitant parce que les vraies étaient d'un vilain jaune. Il s'était fait ôter un petit grain de beauté sur la joue gauche par un chirurgien esthétique.

Il conduisait une Ferrari qui avait dû lui coûter le prix d'une confortable maison de campagne. En été, il vivait à Londres mais, dès les premiers froids, il partait séjourner aux Antilles ou dans le sud de la France avec ses amis, tous riches héritiers comme lui.

Henry n'avait jamais travaillé de sa vie, et sa devise, qu'il avait inventée lui-même, était la suivante : *Mieux vaut risquer d'être gentiment blâmé que de s'ennuyer à travailler.* Ses amis trouvaient cela désopilant.

Des hommes comme Henry Sugar, il en traîne partout dans le monde, et surtout à Londres, New York, Paris, Nassau, Montego Bay, Cannes et Saint-Tropez. Ils ne sont ni particulièrement méchants ni bons, ils sont sans importance, ils font tout simplement « partie du décor ».

Tous les riches de ce genre ont la même particularité : ils ont un terrible besoin de s'enrichir davantage. Un million, ce n'est jamais assez. Deux millions non plus. Ils espèrent posséder toujours plus. Et c'est pourquoi ils vivent dans la hantise de se réveiller un beau matin en n'ayant plus rien sur leur compte en banque.

Ces gens-là utilisent tous les mêmes méthodes pour accroître leur fortune. Ils achètent des actions

cotées en Bourse et suivent attentivement leur cours. Dans les casinos, ils engagent de grosses mises à la roulette ou au black jack. Ils jouent aux courses. Ils parient sur n'importe quoi. Une fois, Henry Sugar avait parié mille livres dans une course de tortues organisée sur le court de tennis de lord Liverpool. Et deux mille livres avec un dénommé Esmond Hanbury dans un pari encore plus stupide, qui consistait en ceci : on lâchait le chien de Henry dans le jardin et on l'observait par la fenêtre. Mais, avant de le libérer, chacun devait prédire quel serait le premier objet sur lequel le chien lèverait la patte. Un mur, un poteau, un buisson ou un arbre ?

Esmond choisit un mur. Henry, qui avait étudié les habitudes de son chien plusieurs jours avant le pari, choisit un arbre et gagna.

C'est avec des jeux aussi ridicules qu'Henry et ses amis essayaient de tromper le mortel ennui d'être à la fois riches et oisifs.

Henry lui même, comme vous avez pu le constater, n'hésitait pas à tromper ses amis dès qu'il le pouvait. Le pari du chien était franchement malhonnête. Et pour tout vous dire, le pari de la course de tortues également. Il avait triché en introduisant secrètement un peu de poudre somnifère dans la bouche de la tortue adverse, une heure avant le départ.

Et maintenant que vous vous êtes fait une idée du genre d'homme qu'était Henry Sugar, je peux commencer mon histoire.

Lors d'un week-end d'été, Henry quitta Londres pour Guilford, invité par sir William Wyndham. La maison et les dépendances étaient magnifiques. Quand Henry arriva ce samedi après-midi, il pleuvait à verse. Personne au tennis, personne au croquet, personne non plus dans la piscine. Sir William et ses invités étaient assis dans le salon. D'un air maussade, ils regardaient la pluie éclabousser les fenêtres. Les gens très riches sont fort irrités par le mauvais temps. Le beau temps est en effet l'une des rares choses qu'ils ne peuvent s'offrir.

Quelqu'un proposa :

— Et si on jouait à la canasta ? Avec de gros enjeux, bien sûr !

Les autres trouvèrent l'idée splendide. Mais, comme ils étaient cinq, l'un devait être écarté. Ils coupèrent un jeu de cartes : Henry tomba alors sur une mauvaise carte, la plus petite. Les quatre autres s'assirent à une table et commencèrent à jouer. Henry était ennuyé de ne pas être de la partie. Il erra dans le salon, passa dans le grand hall, regarda les tableaux un moment, traversa quelques pièces, s'ennuyant à mourir et, finalement, vint flâner dans la bibliothèque.

Le père de sir William avait été un grand bibliophile et les quatre murs de l'immense pièce étaient couverts de livres, du sol au plafond. Henry Sugar n'était pas impressionné, ni même intéressé. Les seuls livres qu'il lisait étaient des policiers. Il fit le tour de la bibliothèque, sans but précis, essayant de trouver un livre du genre qu'il aimait. Mais les livres de sir William étaient tous reliés de cuir et écrits par des auteurs comme Balzac, Ibsen, Voltaire, Johnson et Pepys. « A jeter à la poubelle, tous ennuyeux », se disait Henry. Et il était sur le point de quitter la pièce lorsque son regard fut attiré par un livre à l'aspect totalement différent. Il était si mince qu'il ne l'aurait jamais remarqué s'il n'avait été plus haut que les autres. Quand il le sortit de l'étagère, il vit que ce n'était en réalité qu'un cahier d'écolier à couverture cartonnée bleu foncé. Il n'y avait rien d'écrit dessus. Henry l'ouvrit. Sur la première page, inscrit à l'encre, on lisait :

COMMENT SE PASSA MA RENCONTRE
AVEC IMHRAT KHAN
L'HOMME QUI VOYAIT SANS YEUX
DOCTEUR JOHN F. CARTWRIGHT
BOMBAY, INDE, DECEMBRE 1934

« Fort intéressant », se dit Henry. Et il tourna la page. Ce qui suivait était entièrement écrit à l'encre noire, d'une écriture claire et nette. Henry lut les deux premières pages, debout. Soudain, il se rendit compte qu'il était dévoré par l'envie d'en connaître la suite. Le sujet était excellent et commençait à le passionner. Il s'installa alors confortablement dans un fauteuil, près de la fenêtre, et se remit à lire depuis le début.

Voici ce que Henry lut dans le petit cahier bleu.

« Je m'appelle John Cartwright et je suis chirurgien à l'hôpital général de Bombay. Le 2 décembre 1934 au matin, je prenais une tasse de thé dans la salle des médecins. Trois de mes confrères étaient également présents : les docteurs Marshall, Phillips et Macfarlane. Nous avions tous bien mérité une pause. Soudain, on frappa à la porte.

— Entrez, dis-je.

La porte s'ouvrit, et un Indien entra en nous souriant.

— Excusez-moi, dit-il. Pourrais-je vous demander une petite faveur ?

La salle des médecins est une pièce privée. Personne d'autre qu'un médecin n'est autorisé à y pénétrer sauf en cas d'urgence.

— Nous sommes dans un endroit privé, dit sèchement le docteur Macfarlane.

— Oui, oui, acquiesça l'Indien. Je le sais. Pardonnez-moi de faire irruption comme cela, messieurs, mais j'avais une chose très intéressante à vous montrer.

Tous les quatre, nous étions passablement ennuyés par cette intrusion, et nous nous tûmes.

— Messieurs, dit-il, je suis un homme qui voit sans yeux !

Nous ne l'avons pas invité à continuer, mais nous ne l'avons pas éjecté de la salle à coups de pied.

— Vous pouvez me couvrir les yeux comme il vous plaira, dit-il, vous pouvez me mettre cinquante pansements autour de la tête, mais je serai quand même capable de vous lire un livre.

Il semblait parfaitement sérieux. La curiosité commençait à me démanger.

— Approchez, dis-je.

Il s'approcha.

— Tournez-vous.

Il se retourna. Je plaquai mes mains sur ses paupières fermées.

— L'un des médecins présents dans cette pièce va lever plusieurs doigts. Dites-nous combien.

Le docteur Marshall leva sept doigts.

— Sept, dit l'Indien.

— Une autre fois, dis-je.

Le docteur Marshall serra les poings en cachant tous ses doigts.

— Aucun, dit l'Indien.

— Encore une fois.

Le docteur Marshall serra de nouveau les poings.

— Aucun, dit l'Indien.

Je retirai mes mains.

— Pas mal, dis-je.

— Continuons, proposa le docteur Marshall. Essayons ça.

Une blouse blanche était suspendue à un crochet sur la porte. Le docteur Marshall la prit et en fit une sorte de longue écharpe qu'il enroula autour de la tête de l'Indien, en serrant fort.

— Essayez encore une fois, dit le docteur Marshall.

Je sortis une clé de ma poche.

— De quoi s'agit-il ? demandai-je.

— D'une clé, répondit-il.

Je cachai la clé derrière mon dos et je tendis une main vide.

— Quel est cet objet ? demandai-je.

— Il n'y a pas d'objet, dit l'Indien. Votre main est vide.

Le docteur Marshall enleva le bandeau des yeux de l'homme.

— Comment faites-vous ? Quel est votre truc ? demanda-t-il.

— Il n'y a pas de truc. Tout cela est bien réel, répondit l'Indien. J'y suis arrivé après quelques années d'entraînement.

— Quelle sorte d'entraînement ? demandai-je.

— Pardonnez-moi de ne pas vous répondre, dit-il. C'est mon secret.

— Alors, pourquoi êtes-vous venu nous voir ?

— Je suis venu vous demander une faveur.

L'Indien était un homme d'une trentaine d'années à la peau brun clair, de la couleur d'une noix de coco. Il avait une petite moustache noire et une curieuse masse de cheveux en broussaille qui lui couvrait les oreilles. Il portait une robe de coton blanc et était chaussé de sandales.

— Voyez-vous, messieurs, continua-t-il, actuellement, je gagne ma vie en travaillant dans un théâtre ambulant qui vient d'arriver à Bombay. Ce soir, nous allons donner notre première représentation.

— Où ça ? demandai-je.

— Au Royal Palace Hall, Acacia Street. Je suis la vedette. Sur le programme, « Imhrat Kahn, l'homme qui voit sans yeux », c'est moi. Et je dois faire une publicité spectaculaire pour les représentations. Si l'on ne vend pas de places, on ne mange pas.

— En quoi cela nous concerne-t-il ?

— C'est très intéressant pour vous, très intéressant, dit-il. Je vous explique. Vous voyez, quand notre théâtre arrive dans une nouvelle ville, je vais droit à l'hôpital le plus important demander aux médecins de me bander les yeux. Je leur demande de le faire de la façon la plus sérieuse. Il faut que les spectateurs soient convaincus que mes yeux restent vraiment bandés, tout le temps. Et il est important que ce travail soit fait par des médecins, sinon on penserait que je triche. Ensuite, lorsque mes yeux sont bien bandés, je parcours les rues et j'accomplis un acte dangereux.

— C'est-à-dire ?

— Je veux dire que je fais quelque chose d'extrêmement dangereux pour quelqu'un qui ne peut pas voir.

— Que faites-vous donc ?

— Quelque chose de très intéressant. Et vous me verriez le faire, si vous aviez la gentillesse de me bander les yeux. Ce serait une grande faveur pour moi si vous acceptiez de faire ce petit travail, messieurs.

Je regardai les trois autres médecins. Le docteur Phillips déclara qu'il lui fallait rejoindre ses patients. Le docteur Macfarlane dit la même chose. Quant au docteur Marshall, il hocha la tête :

— Bien, pourquoi pas ? Ça peut être amusant. Ça ne prendra qu'une minute.

— J'accepte, moi aussi, dis-je. Mais faisons notre travail comme il faut. Assurons-nous qu'il ne peut rien voir du tout.

— C'est vraiment très aimable à vous, dit l'Indien. Faites comme vous le voulez.

Les docteurs Phillips et Macfarlane quittèrent la pièce.

— Avant de lui bander les yeux, dis-je au docteur Marshall, scellons tout d'abord ses paupières. Ensuite, nous les recouvrirons de quelque chose de mou, de solide et de gluant.

— Quoi, par exemple ? demanda le docteur Marshall.

— De la pâte à pain, peut-être ?

— Parfait, répliqua le docteur Marshall.

— Bien. Pendant que vous descendez chercher un peu de pâte à pain dans les cuisines de l'hôpital, je l'emmène dans la salle d'opération et je scelle ses paupières.

Nous quittâmes la salle des médecins, et je conduisis l'Indien dans la salle d'opération en passant par le long corridor de l'hôpital.

— Etendez-vous là, dis-je en désignant la table d'opération.

Il s'allongea. Je sortis d'une armoire un petit flacon muni d'un compte-gouttes.

— C'est du collodion, lui dis-je. Ce liquide durcira sur vos paupières de telle façon qu'il vous sera impossible de les ouvrir.

— Comment pourrai-je l'enlever après ?

— L'alcool dissout le collodion très facilement. Ne vous inquiétez pas. C'est parfaitement inoffensif. Fermez les yeux maintenant.

L'Indien ferma les yeux. J'appliquai le collodion sur ses deux paupières.

— Gardez les yeux fermés, dis-je. Attendez que le liquide durcisse.

En deux minutes, le collodion avait formé une pellicule résistante, collant les paupières.

— Maintenant, essayez d'ouvrir les yeux.

Il essaya, mais en vain.

Le docteur Marshall entra alors, portant un récipient plein d'une pâte molle. C'était de la belle pâte blanche, celle que l'on utilise pour faire le meilleur pain. J'en pris une poignée et je plaçai mon emplâtre sur l'un des yeux de l'Indien. Puis j'appuyai très fort pour bien faire adhérer la pâte. Je fis de même sur l'autre œil.

— Ce n'est pas trop gênant ? demandai-je.

— Non, tout va bien, répondit l'Indien.

— Faites le pansement, dis-je au docteur Marshall. J'ai les doigts qui collent.

— Avec plaisir, dit-il. Regardez ça.

Il prit un gros morceau de coton et le posa sur les orbites de l'Indien. Le coton resta collé contre la pâte.

— Asseyez-vous, s'il vous plaît, dit le docteur Marshall.

L'Indien s'assit sur le lit.

Le docteur Marshall prit un rouleau de gaze de huit centimètres de large et l'enroula autour de la tête de l'homme. La gaze maintenait fermement en place la pâte et le coton. Le docteur fixa le pansement avec une épingle. Puis il prit un second rouleau et commença à l'enrouler non seulement autour des yeux, mais aussi autour du visage.

— Pas le nez, s'il vous plaît, que je puisse respirer, dit l'Indien.

— Bien sûr, répondit le docteur Marshall.

Il épingla le second pansement. Le travail était terminé.

— Comment le trouves-tu ? me demanda-t-il.

— Splendide, répondis-je. C'est impossible qu'il voie à travers ça.

La tête de l'Indien était maintenant entièrement emmaillotée dans un épais pansement blanc. La

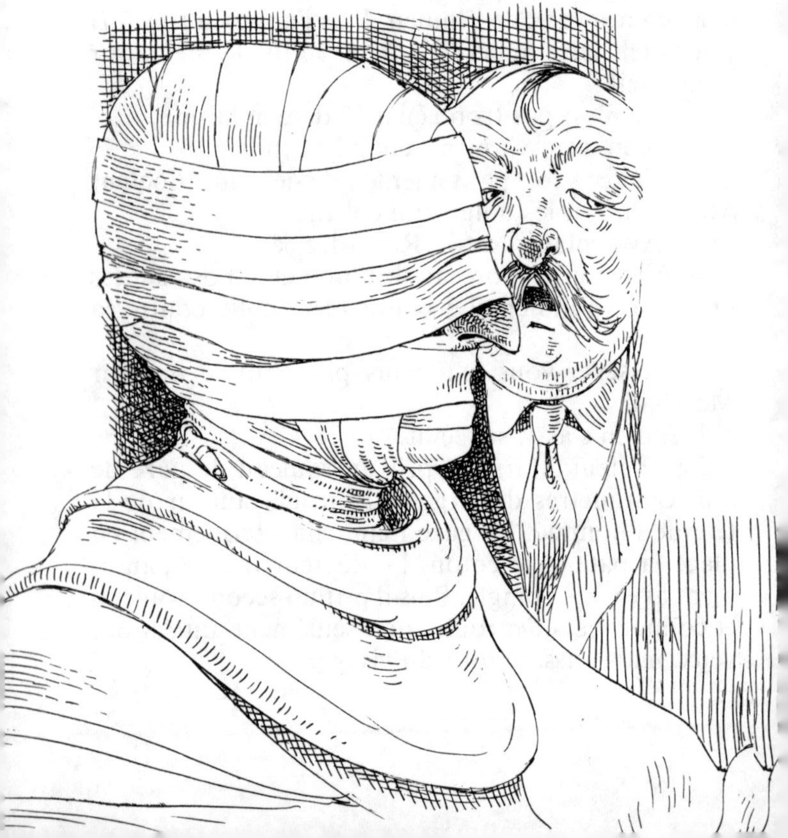

seule partie visible était le bout de son nez qui dépassait. Il ressemblait à un homme qui aurait subi une grave opération du cerveau.

— Comment vous sentez-vous ? lui demanda le docteur Marshall.

— Bien, dit l'Indien. Je dois vous complimenter, messieurs, pour votre excellent travail.

— Alors, à vous maintenant, lui dit le docteur Marshall en me souriant. Montrez-nous donc que vous êtes capable de voir.

L'Indien quitta le lit, et marcha droit vers la porte. Il l'ouvrit et sortit.

— Diantre ! m'écriai-je. Vous avez vu ? Il a posé sa main juste sur la poignée de la porte !

Le docteur Marshall, soudain tout pâle, avait cessé de sourire.

— Je vais le suivre, dit-il en se ruant vers la porte.

Je fis de même.

L'Indien marchait tout à fait normalement le long du corridor de l'hôpital. Nous étions, le docteur Marshall et moi, à cinq mètres derrière lui. Et c'était affolant de voir cet homme, la tête entièrement recouverte d'un énorme pansement blanc, flâner nonchalamment dans le couloir. D'autant plus que nous savions avec la plus grande certitude que ses paupières étaient scellées, que ses orbites étaient bourrées de pâte à pain couverte d'un épais morceau de coton et qu'il avait deux rouleaux de gaze autour de la tête.

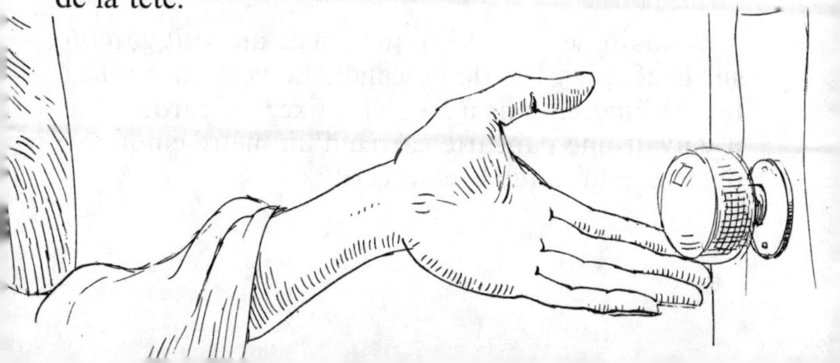

Je vis un infirmier indigène avancer vers l'Indien, en poussant un chariot rempli de nourriture. L'infirmier aperçut l'homme à la tête bandée et tressaillit. L'Indien évita le chariot puis continua son chemin.

— Il l'a vu ! criai-je. Il a marché droit sur lui, et il l'a évité. Il l'a vu, c'est sûr ! C'est absolument incroyable.

Le docteur Marshall ne disait mot. Il avait les joues blêmes et le visage figé par la stupeur.

L'Indien atteignit l'escalier et le descendit sans la moindre hésitation. Il ne posa même pas sa main sur la rampe. Des gens montaient en sens inverse. Ils s'arrêtaient, sursautaient, écarquillaient les yeux puis dégageaient la voie rapidement. Arrivé en bas, l'Indien tourna à droite et se dirigea vers la sortie. Fascinés, nous ne perdions pas un seul de ses gestes.

La sortie de notre hôpital ne débouche pas directement dans la rue, mais sur un grand escalier qui donne sur une petite cour plantée d'acacias. Le docteur Marshall et moi, nous restâmes en haut de l'escalier, sous le soleil étincelant. En bas, dans la cour, nous vîmes une foule d'une centaine de personnes dont la moitié au moins étaient des enfants aux pieds nus. Et, tandis que notre Indien à la tête bandée descendait les marches, ils se précipitèrent à sa rencontre en criant de joie. Il les salua en levant les bras au-dessus de la tête.

Soudain, je vis le vélo que tenait un petit garçon, sur le côté, en bas de l'escalier. Le vélo était tout à fait ordinaire, mais à l'arrière, fixée au garde-boue, il y avait une pancarte carrée d'un mètre cinquante de large, sur laquelle était écrit :

IMHRAT KAHN
L'HOMME QUI VOIT SANS YEUX !
AUJOURD'HUI, LES MEDECINS DE
L'HOPITAL
M'ONT BANDE LES YEUX.
CE SOIR ET TOUTE LA SEMAINE
JE SERAI AU
ROYAL PALACE HALL,
ACACIA STREET, A 19 HEURES.
VOUS Y VERREZ DES CHOSES
INCROYABLES !
UN SPECTACLE A NE PAS
MANQUER !

Notre Indien avait atteint le bas de l'escalier et il se dirigeait droit sur le vélo. Il dit quelques mots au garçon et celui-ci sourit. L'Indien enfourcha l'engin. La foule s'ouvrit sur son passage. Ensuite, figurez-vous que le bonhomme aux yeux obturés se mit à rouler dans la cour puis au milieu de la circulation grouillante et bruyante de la rue ! La foule l'acclamait plus fort que jamais. Les enfants aux pieds nus couraient derrière lui, riant et criant. Nous le vîmes descendre, superbe, la rue encombrée d'autos le dépassant ou le croisant à toute allure, poursuivi par une bande d'enfants. Nous le suivîmes des yeux pendant une minute à peu près. Puis il tourna et disparut.

— J'ai la tête qui tourne, dit le docteur Marshall. Je n'arrive pas à y croire.

— C'est pourtant vrai, dis-je. Il n'a pas pu enlever la pâte sous les pansements. Nous ne l'avons jamais perdu de vue. Quant à desceller ses paupières, ce travail lui aurait pris cinq minutes avec de l'alcool et du coton.

— Savez-vous à quoi je pense ? fit observer le docteur Marshall. Je pense que nous sommes les témoins d'un miracle.

Nous retournâmes lentement vers l'hôpital.

Le reste de la journée, je le passai avec mes nombreux patients. A six heures du soir, mon travail fini, je revins à mon appartement pour prendre une douche et me changer. A Bombay, c'était la période la plus chaude de l'année et, même après le coucher du soleil, la chaleur était difficilement supportable. Vous vous asseyez tranquillement sur une chaise sans rien faire, et aussitôt votre peau devient moite. Toute la journée votre visage ruisselle de sueur et votre chemise vous colle à la peau. Je pris une longue douche froide. Puis, une serviette autour des reins, je m'assis sous la véranda pour boire un whisky soda.

Ensuite, je mis des habits propres. A sept heures moins dix, j'étais au Royal Palace Hall dans Acacia Street. Ce n'était pas un endroit extraordinaire, mais une de ces petites salles minables que l'on peut louer pas cher pour des réunions ou des bals. Une foule immense d'Indiens grouillait près de la caisse. A l'entrée, une grande affiche proclamait que la Compagnie internationale de théâtre jouerait tous les soirs de la semaine. Au programme, des jongleurs et des prestidigitateurs, des acrobates et des avaleurs de sabres, des mangeurs de feu et des charmeurs de serpents, et même une pièce en un acte, *Le Radjah et la Femme-Tigre*. Et, en tête du programme et en très grosses lettres, on pouvait lire :

IMHRAT KAHN, LE PHENOMENE,
L'HOMME QUI VOIT SANS YEUX.

J'achetai un ticket et j'entrai.

La représentation dura deux heures. A ma grande surprise, elle me plut d'un bout à l'autre. Tous les acteurs étaient excellents. J'appréciai l'homme qui jonglait avec des ustensiles de cuisine, une casserole, une poêle, un plat allant au four, une énorme assiette et une cocotte, le tout voltigeant en même temps. Le charmeur de serpents jouait de la flûte tandis qu'un grand serpent vert dansait presque sur le bout de sa queue. Le mangeur de feu fit son numéro, et l'avaleur de sabres enfonça d'au moins un mètre vingt une lame longue, fine et pointue dans sa gorge et dans son estomac. En dernier, salué par la fanfare de trompettes, notre ami Imhrat Kahn apparut. Il n'avait plus le pansement que nous lui avions fait à l'hôpital.

On invita des spectateurs à monter sur scène pour lui bander les yeux avec des morceaux de tissus, des foulards et des turbans. A la fin, sa tête était si lourde qu'il parvenait difficilement à garder l'équilibre. On lui donna alors un revolver. Un petit garçon vint se placer à gauche de la scène. Je le reconnus, c'était celui qui gardait la bicyclette, ce matin, devant l'hôpital. Le garçon posa une boîte de conserve sur sa tête et ne bougea plus. Un silence de

mort s'installa dans l'assistance. Imhrat Kahn visa et tira. La détonation nous fit tous sursauter. La boîte avait voltigé et roulé sur le sol. Le garçon la ramassa et montra aux spectateurs le trou formé par la balle. La foule applaudit en criant. Le garçon souriait.

Puis il se cala contre un panneau en bois et Imhrat Kahn jeta des couteaux tout autour de lui, la plupart vraiment très près. Ce fut un numéro magnifique. Peu de gens, pourtant les yeux grands ouverts, sont capables de lancer des couteaux avec une telle précision. Et cet homme extraordinaire, la tête enveloppée de tissus (on aurait dit une boule de neige au bout d'un bâton !), lui, expédiait d'une chiquenaude des couteaux aiguisés sur le panneau, à un cheveu de la tête de l'enfant. Pendant tout le numéro, le garçon garda le sourire. A la fin, l'assistance criait et trépignait d'excitation.

Le dernier numéro d'Imhrat Kahn, bien que moins spectaculaire, fut encore plus étonnant. On apporta sur scène un fût métallique. On pria des spectateurs de l'examiner pour s'assurer qu'il n'y avait pas de trou. Il n'y en avait pas. Puis on plaça le fût sur la tête bandée d'Imhrat Kahn. Le fût cachait ses épaules et descendait jusqu'aux coudes, immobilisant ses bras. Mais il lui laissait les avant-bras et les mains libres. Quelqu'un mit une aiguille dans une de ses mains et du fil de coton dans l'autre. Sans aucune hésitation, il passa adroitement le fil à travers le chas de l'aiguille. J'en restai éberlué.

Dès la fin du spectacle, je me frayai un chemin dans les coulisses. Dans une petite loge propre, M. Imhrat Kahn était assis tranquillement sur un tabouret de bois. Le jeune Indien était en train de défaire la masse de foulards et de tissus qui lui enveloppaient la tête.

— Ah ! s'écria-t-il. Voilà mon ami, le docteur de l'hôpital. Entrez, monsieur, entrez.

— J'ai vu le spectacle, dis-je.

— Et qu'en pensez-vous ?

— J'ai beaucoup aimé. Vous avez été formidable.

— Merci. C'est un grand compliment.

— Je dois aussi féliciter votre assistant, ajoutai-je en inclinant la tête vers le garçon. Il est très courageux.

— Il ne parle pas l'anglais, continua l'Indien. Mais je vais lui traduire ce que vous avez dit.

Il parla en hindoustani au garçon, et celui-ci s'inclina solennellement, mais resta silencieux.

— Ecoutez, dis-je. Ce matin, je vous ai accordé une petite faveur. M'en accorderez-vous une en retour ? Accepteriez-vous de venir souper avec moi ?

Débarrassé maintenant de toutes les bandelettes, il me souriait.

— Je crois que vous êtes curieux, docteur, me tromperais-je ?

— Très curieux, répondis-je. J'aimerais discuter avec vous.

Une fois de plus, je fus frappé par la masse de cheveux en broussaille qui lui couvrait les oreilles. Je n'avais jamais vu ça.

— Je n'ai jamais été interrogé par un médecin, dit-il, mais je n'y vois aucune objection. Ce sera un grand plaisir de dîner avec vous.

— Je vous attends dans ma voiture ?

— Oui, s'il vous plaît. Je dois me débarbouiller et enlever ces habits sales.

Je décrivis ma voiture et lui dis que je l'attendais dehors.

Quinze minutes plus tard, il me rejoignit, habillé d'une robe de coton blanc et portant ses habituelles sandales. Et bientôt, nous nous assîmes confortablement dans un petit restaurant où j'allais quelquefois parce qu'on y préparait le meilleur curry de la ville. Je pris de la bière avec mon riz, et Imhrat Khan de la limonade.

— Je ne suis pas écrivain, lui dis-je, je suis médecin. Mais si vous me racontez votre histoire depuis le début, si vous m'expliquez comment vous avez développé ce pouvoir magique de voir sans yeux, je l'écrirai noir sur blanc, aussi fidèlement que possible. Et puis, peut-être, pourrai-je le faire publier

dans le *British Medical Journal* ou même dans un magazine connu. Comme je suis médecin et non un écrivain essayant de vendre une histoire, les gens seront plus enclins à prendre au sérieux ce que je raconterai. Cela vous aiderait à devenir plus célèbre, n'est-ce pas ?

— Cela m'aiderait beaucoup, dit-il. Mais pourquoi voulez-vous faire ça ?

— Parce que je suis terriblement curieux, répondis-je. Seulement pour cette raison.

Imhrat Khan prit une bouchée de riz au curry et la mastiqua lentement. Puis il ajouta :

— Très bien, mon ami, je répondrai à votre curiosité.

— Magnifique ! Allons à mon appartement dès que nous aurons fini de manger ; là, nous pourrons parler sans être dérangés.

Nous achevâmes notre dîner. Je payai la note. Puis je conduisis Imhrat Khan chez moi.

Dans la salle de séjour, je sortis du papier et un crayon. J'avais inventé une sorte de sténo à mon usage personnel afin de prendre des notes sur les maladies de mes patients. J'étais capable de transcrire à peu près tout ce que me disait quelqu'un s'il ne parlait pas trop vite. Je pense avoir rapporté, mot pour mot, tout ce que me raconta Imhrat Khan ce soir là.

« Je suis un Indien, un hindou, et je suis né à Akhnur, dans le Cachemire en 1905. Ma famille était pauvre, mon père travaillait comme contrôleur dans les chemins de fer. Alors que j'avais treize ans, un prestidigitateur indien vint donner un spectacle à l'école. Il s'appelait, je m'en souviens, le professeur Moor (tous les prestidigitateurs en Inde s'appellent professeur), et ses tours étaient excellents. Je fus terriblement impressionné. Je crus qu'il s'agissait vraiment de magie. Je sentis (comment nommer ça ?), je sentis un besoin impérieux d'apprendre cette magie. Deux jours après, je m'enfuis de chez moi, décidé à retrouver et à suivre mon nouveau héros, le professeur Moor.

J'emportai toutes mes économies, quarante roupies, et seulement les habits que je portais sur moi, un pagne blanc et des sandales. C'était en 1918 et j'avais treize ans. J'appris que le professeur Moor était parti à Lahore, à trois mille deux cents kilomètres d'Akhnur. J'achetai un ticket de troisième classe et je pris le train pour le rejoindre. A Lahore, je retrouvai le professeur qui travaillait dans un spectacle absolument minable. Je lui fis part de mon admiration pour lui et de mon désir de devenir son assistant. Il accepta. Mon salaire ? Ah ! oui, mon salaire ! Il était de huit *annas* par jour.

Le professeur m'apprit à faire un tour avec des anneaux, et mon travail consistait à exécuter ce numéro dans la rue, devant le théâtre, et à inviter les gens à entrer pour voir le spectacle.

Les six premières semaines se passèrent très bien, beaucoup mieux qu'à l'école. Mais cela me fit l'effet d'une bombe lorsque je me rendis compte qu'il ne s'agissait pas de magie chez le professeur Moor, que tout n'était que supercherie et habileté manuelle. Immédiatement, il cessa d'être mon modèle. Mon travail ne m'intéressait plus mais, en même temps, un grand espoir m'envahit. Je désirais par-dessus tout découvrir la véritable magie et apprendre le yoga et ses pouvoirs mystérieux.

Pour cela, je devais rencontrer un yogi qui m'accepterait comme disciple. Ce n'était pas facile. Les vrais yogis ne poussent pas sur les arbres. Il n'y en a pas beaucoup dans toute l'Inde. De plus, ce sont des mystiques fanatiques. Pour parvenir à trouver un maître, il fallait donc faire semblant d'être mystique.

Non, je ne suis pas réellement mystique et, pour cette raison, je suis en quelque sorte un tricheur. Je voulais acquérir des pouvoirs de yogi uniquement pour des motifs égoïstes. Je voulais utiliser ces pouvoirs pour devenir riche et célèbre.

La célébrité et la richesse sont des choses qu'un vrai yogi méprise plus que tout au monde. En fait, un vrai yogi pense que, s'il abuse de ses pouvoirs, il mourra brutalement. Un yogi ne doit jamais se produire en public. Il doit faire ses exercices seulement dans un but spirituel et dans la solitude la plus absolue, sinon il est, en principe, foudroyé par la mort. Je n'y croyais pas et je n'y crois toujours pas.

Alors je me mis à rechercher un maître yogi. Je quittai le professeur Moor, et j'allai dans une ville nommée Amritsar, dans le Penjab, où j'entrai dans une compagnie de théâtre ambulant. J'avais eu du succès lorsque j'avais fait du théâtre amateur à l'école, et il fallait bien que je survive en attendant de trouver ma voie. Aussi, pendant trois ans, je parcourus tout le Penjab avec ce théâtre. A seize ans et demi, j'étais devenu la tête d'affiche du spectacle. J'avais fait des économies et je possédais une grosse somme, deux mille roupies.

Ce fut à cette époque que j'entendis parler d'un homme nommé Banerjee. Ce Banerjee, disait-on, était vraiment l'un des plus grands yogis de l'Inde. Il avait des pouvoirs extraordinaires. On racontait surtout qu'il avait acquis la très rare faculté d'entrer en lévitation.

Quand il priait, son corps quittait le sol et restait suspendu à cinquante centimètres du sol.

— Ah, ah ! pensai-je. Voilà sûrement l'homme que je cherche. Aussitôt, je pris mes économies, j'abandonnai la compagnie théâtrale et je partis vers Rishikesh, sur les rives du Gange, où vivait Banerjee, disait-on.

Pendant six mois, je le cherchai. Où est-il ? Qui ? Où est Banerjee ? Ah ! oui, Banerjee, on dit qu'il est à Rishikesh, il a sûrement habité cette ville, mais il y a quelque temps de cela, depuis personne ne l'a vu. Et maintenant, où est-il allé ? Maintenant, il vit ailleurs. Ailleurs, où ? Où, comment le savoir ? Comment en effet ? Comment connaître la route d'un homme comme Banerjee ? Ne vivait-il pas dans un endroit inaccessible ? Et je répondais : oui. Oui, oui, oui, bien sûr. C'était clair, même pour moi.

Je dépensai toutes mes économies dans ces recherches. Il ne me restait plus que trente-cinq roupies. C'était insuffisant. Cependant, je séjournai à Rishikesh, et je gagnai ma vie en faisant des tours de prestidigitation classiques pour de petits groupes, rien de bien important. C'étaient les tours que j'avais appris chez le professeur Moor, car je suis très doué.

Puis un jour, alors que je logeais dans un petit hôtel, j'entendis de nouveau parler du yogi Banerjee. Un voyageur disait qu'on lui avait raconté que Banerjee vivait maintenant tout seul dans la jungle, en pleine jungle, pas tellement loin.

Mais où ?

Le voyageur n'était pas sûr.

— Il est possible, dit-il en montrant du doigt, que ce soit par là, au nord de la ville.

Ça me suffisait. J'allai au marché afin de louer une *tonga*, c'est-à-dire une voiture, un conducteur et un cheval. La transaction achevée, un homme, qui nous écoutait, me dit qu'il allait lui aussi dans cette direction. Il me demanda s'il pouvait faire un bout de chemin avec moi, et dit qu'il participerait aux frais. Je fus enchanté, bien sûr, et nous nous mîmes en route, cet homme et moi assis dans la voiture, et le conducteur guidant le cheval. Nous prîmes un très petit sentier qui menait à la jungle.

Quelle chance fantastique ! En parlant à mon compagnon, j'appris qu'il n'était rien de moins que le disciple du grand Banerjee lui-même. Il allait d'ailleurs rendre visite à son maître. Alors je lui avouai franchement que je voulais devenir un disciple du yogi.

Il se retourna vers moi, et me regarda longuement. Pendant trois minutes peut-être, il ne parla pas. Puis il m'annonça calmement :

— Non, c'est impossible.

— Bon, on verra, me dis-je.

Puis je lui demandai s'il était vrai que Banerjee s'élevait au-dessus du sol lorsqu'il priait.

— Oui, c'est vrai, répondit-il. Mais personne ne peut y assister. Personne ne peut approcher Banerjee quand il prie.

Nous continuions d'avancer dans la jungle en parlant de Banerjee, et je m'efforçais, par des questions apparemment désinvoltes, d'apprendre des tas de choses sur lui, par exemple à quelle heure de la journée il priait. Mais bientôt l'homme me dit :

— Il faut que nous nous quittions, c'est ici que je descends.

Je le laissai partir et je feignis de poursuivre mon chemin, mais à un tournant je demandai au conducteur d'arrêter la voiture et de m'attendre. Je sautai à terre et je rebroussai chemin à pas de loup, recherchant le disciple de Banerjee. Il avait quitté le chemin et avait disparu dans la jungle. Mais dans quelle direction ? Je restais immobile et j'écoutais.

J'entendis une sorte de froissement dans les broussailles.

— Ce doit être lui, pensai-je. Si ce n'est pas lui, alors c'est un tigre.

C'était lui. Je le vis devant moi, qui s'avançait dans la jungle épaisse. Il n'y avait même pas de sentier là où il marchait, et il devait se frayer un chemin entre les hauts bambous et la végétation luxuriante. Je me glissai derrière lui, à une centaine de mètres, car je craignais qu'il ne m'entendît. Je pouvais l'entendre, lui. Il est impossible d'avancer en silence dans la jungle, et quand je le perdais de vue, ce qui arrivait très fréquemment, je pouvais le suivre au bruit.

Ce jeu intense de poursuite dura environ une demi-heure. Soudain, je n'entendis plus l'homme devant moi. Je m'arrêtai et tendis l'oreille. La jungle était silencieuse. J'étais terrifié à l'idée de ne plus pouvoir le retrouver. J'avançais lentement, et tout à coup, à travers les broussailles, je vis une petite clairière avec deux huttes entièrement faites de branches et de feuillages. Mon cœur ne fit qu'un bond et une grande joie m'envahit. Je savais, j'étais sûr que c'était là qu'habitait Banerjee, le yogi.

Le disciple avait disparu, sans doute dans une de ces deux huttes. Tout était calme. Je me mis donc à inspecter soigneusement les alentours, les arbres et les buissons. Je vis un trou d'eau et une natte pour la prière à côté de la hutte la plus proche.

— C'est là que Banerjee médite et prie, me dis-je.

Près du trou d'eau, à moins de trente mètres, je vis un arbre immense, un baobab aux branches épaisses et magnifiques. Elles poussaient de telle façon qu'on pouvait y installer son lit, s'y allonger et passer inaperçu.

— Voilà mon arbre, me dis-je. Je pourrai m'y cacher, attendre que Banerjee sorte pour prier et j'assisterai à tout.

Mais le disciple m'avait dit que la prière n'avait lieu qu'à cinq ou six heures de l'après-midi, j'avais donc plusieurs heures devant moi. Je rebroussai chemin pour parler au chauffeur de la tonga. Je lui demandai d'attendre. Il me fallait payer un supplément, mais ça ne me dérangeait pas.

Excité comme je l'étais, je ne me souciais plus de rien pour le moment, pas même de l'argent. J'endurai la chaleur torride de midi, puis la lourde moiteur de l'après-midi à côté de la tonga. Vers cinq heures, je me frayai un chemin jusqu'à la clairière. Mon cœur battait très fort. Je grimpai à mon arbre et je me cachai dans le feuillage. Et j'attendis. J'attendis quarante-cinq minutes.

Une montre ? Oui, j'avais une montre au poignet, je m'en souviens. Je l'avais gagnée à une loterie, et j'en étais très fier. Sur le cadran, il y avait le nom du fabricant, The Islamia Watch Co., Ludhiana. Avec ma montre, je pouvais préciser le moment où arrivait chaque événement. Voilà pourquoi je me rappelle chaque petit détail de cette aventure. J'étais assis dans l'arbre, donc, et j'attendais.

Tout à coup, un homme grand et mince sortit d'une hutte. Il était vêtu d'un pagne orange et transportait un plateau avec des pots en cuivre et des encensoirs. Il vint s'asseoir en position du lotus sur la natte à côte du trou d'eau. Il mit le plateau devant lui. Tous ses mouvements étaient empreints de calme et de délicatesse. Il se pencha pour prendre l'eau à pleines mains, et s'en aspergea les épaules. Il prit l'encensoir et, d'un mouvement doux et gracieux, il le balança lentement à hauteur de poitrine. Il posa ses mains sur ses genoux et ne bougea plus. Il inspira longuement. Oui, je le voyais inspirer longuement et, soudain, je remarquai que son visage changeait, qu'une sorte de lumière apparaissait sur son visage... oui, une sorte de lumière sur sa peau ; oui, je voyais son visage changer. Il resta complètement immobile quatorze minutes dans cette position et puis, comme je continuais à l'observer, je l'ai vu, de mes yeux vu, j'ai vu son corps s'élever lentement... lentement... lentement au-dessus du sol. Il était toujours assis en position du lotus, les mains posées sur les genoux, et son corps quittait le sol, se soulevait. Sous lui, il y avait du vide. Il était assis à trente centimètres au-dessus du sol... trente-cinq... quarante... quarante-cinq... et bientôt, il fut à soixante centimètres au-dessus de la natte.

De mon arbre, je le regardais sans bouger en me répétant sans cesse : Regarde bien, il faut que tu sois sûr et certain que tu vois bien. Il y a là, devant toi, à trente mètres, un homme assis sereinement en l'air.

Tu le vois ? Oui, je le vois. Mais es-tu sûr que ce n'est pas une illusion ? Es-tu sûr qu'il n'y a pas un truc ? Es-tu sûr que tu n'es pas en train de te l'imaginer ? En es-tu sûr ? Oui, j'en suis sûr, j'en suis sûr.

Je le fixais, émerveillé. Cela dura un moment, et puis le corps redescendit doucement vers le sol. Je le vis descendre. Je le vis descendre doucement, lentement vers le sol jusqu'à ce qu'il eût posé ses fesses sur la natte.

Son corps était resté suspendu quarante-six-minutes. Montre en main, je l'avais chronométré. Et puis, longtemps, très longtemps, plus de deux heures, l'homme demeura assis, absolument immobile, sans le moindre mouvement, comme pétrifié. Il ne respirait plus, me semblait-il. Il gardait les yeux fermés. Sur son visage, il y avait cette lumière et aussi un léger sourire, quelque chose que je n'ai vu sur aucun autre visage, depuis.

Enfin il remua. Il bougea les mains. Il se releva. Il se pencha pour reprendre le plateau et il regagna lentement sa hutte. J'étais émerveillé, exalté. Oubliant toute précaution, je descendis rapidement de l'arbre, je courus droit vers la hutte et je franchis le seuil en trombe. Banerjee se lavait les pieds dans une cuvette. Il me tournait le dos mais il m'entendit. Il se redressa et me fit face. Quelle surprise sur son visage ! Aussitôt, il me dit sèchement :

— Depuis combien de temps êtes-vous ici ?

Il ne semblait pas content. Je lui répondis sincèrement que je l'avais observé niché dans l'arbre, et à la fin je lui dis que devenir son disciple était la seule chose que je désirais dans ma vie.

— Laissez-moi devenir votre disciple, s'il vous plaît.

Soudain il explosa. Il devint furieux et commença à crier :

— Dehors ! Hors d'ici ! Dehors ! Dehors !

Et, dans sa fureur, il ramassa une petite brique et la lança sur moi. Elle m'atteignit à la jambe droite juste au-dessous du genou. Elle me déchira la peau. J'ai encore la cicatrice. Je vais vous la montrer ; là, vous voyez ? Juste sous le genou.

La colère de Banerjee était terrifiante, et j'avais très peur. Je partis en courant. Et c'est en courant à travers la jungle que je rejoignis le chauffeur de tonga qui m'attendait. Nous repartîmes pour Rishikesh. Mais cette nuit-là je repris courage. Je décidai de retourner chaque jour chez Banerjee et de le harceler ; je le harcèlerais jusqu'à ce qu'il me prenne pour disciple, il céderait pour avoir la paix.

C'est ce que je fis. Chaque jour j'allais le voir, et chaque jour sa colère se déversait sur moi comme une éruption volcanique. Il criait, il hurlait et moi, je restais là, effrayé mais têtu, répétant inlassablement mon désir de devenir son disciple. Cela dura cinq jours. Puis, le sixième jour, Banerjee devint tout à coup calme et poli. Il m'expliqua qu'il ne pouvait, lui, me prendre comme disciple. Il me donnerait un mot pour quelqu'un, un ami, un grand yogi qui vivait à Hardwar. Il fallait que j'y aille. J'y trouverais aide et enseignement. »

Imhrat Khan s'arrêta pour me demander un verre d'eau. J'allai le lui chercher. Il but lentement puis continua son histoire :

« C'était en 1922 et j'avais presque dix-sept ans.

J'allai donc à Hardwar. J'y trouvai le yogi, et parce que j'avais une lettre du grand Banerjee, il consentit à m'enseigner son savoir. En quoi consistait cet enseignement ?

Naturellement, c'est le moment le plus important de toute mon histoire. C'était ça que j'avais recherché et désiré ardemment, et vous pouvez être sûr que j'étais un élève passionné.

La première partie de l'enseignement, la plus élémentaire, consistait à pratiquer les exercices physiques les plus difficiles, tous concernant le contrôle des muscles et la respiration.

Mais, après quelques semaines, même un élève passionné devient impatient. Je dis à mon yogi que je voulais développer mes pouvoirs mentaux et non mes pouvoirs physiques.

— Si vous apprenez à contrôler votre corps, répondit-il, automatiquement vous contrôlerez votre esprit.

Je voulais contrôler les deux tout de suite et j'insistai.

— Très bien, dit-il enfin. Je vous donnerai quelques exercices pour vous aider à concentrer votre conscient.

— Mon conscient ? Qu'entendez-vous par conscient ?

— Dans chaque être humain, il y a le conscient et le subconscient. Le subconscient est très concentré, en revanche le conscient que chacun utilise est éparpillé. Il est formé de milliers d'éléments, les choses qui vous entourent et que vous voyez, et l'idée que vous vous en faites. Aussi devez-vous apprendre à concentrer votre esprit de façon à pouvoir visualiser à volonté un objet, un seul objet, et absolument rien d'autre. Si vous vous exercez bien, vous pourrez concentrer votre conscient sur n'importe quel objet pendant au moins trois minutes et demie. Ça vous prendra quinze ans.

— Quinze ans ! m'écriai-je.

— Ça peut prendre plus. Quinze ans, c'est la moyenne.

— Mais je serai vieux à ce moment-là !

— Ne désespérez pas, dit le yogi. Ça dépend des individus. Certains mettent dix ans, quelques-uns moins, et il y a parfois, très rarement, des individus particulièrement doués qui sont capables de développer leur pourvoir en une ou deux années.

— Qui sont ces gens ? Ont-ils l'air différents des autres ?

— Non, ils sont comme tout le monde. Un individu qui possède ce don peut être un simple balayeur de rues ou un ouvrier, ou même un radjah. Il n'y a pas moyen de le savoir avant que ne commence l'entraînement.

— Est-ce vraiment si difficile de concentrer son esprit sur un simple objet pendant trois minutes et demie ?

— C'est presque impossible, me répondit-il. Essayez. Fermez les yeux, et pensez à quelque chose. Juste un objet. Visualisez-le. Regardez-le comme s'il était devant vous. En quelques secondes, vous aurez l'esprit ailleurs. Des pensées et des visions autres viendront se glisser comme des parasites entre vous et l'objet. C'est une chose très difficile.

Ainsi parla le yogi de Hardwar. Alors commencèrent les exercices que j'attendais. Chaque après-midi, je restais assis, les yeux fermés, essayant de voir le visage de la personne que je préférais, mon frère. Je me concentrais sur lui. Au moment où mon esprit commençait à vagabonder, j'arrêtais l'exercice, et je me reposais quelques minutes. Puis je recommençais.

Après trois années d'entraînement quotidien, je fus capable de me concentrer entièrement sur le visage de mon frère une minute et demie. Je faisais des progrès. Mais en pratiquant ces exercices, j'avais remarqué que j'avais perdu complètement l'odorat, et je ne l'ai plus retrouvé depuis.

La nécessité de gagner ma vie pour me nourrir me força à quitter Hardwar. Je partis pour Calcutta où il y avait de plus grandes possibilités. Et là, je commençai vite à bien gagner ma vie en donnant des spectacles de prestidigitation. Je continuais bien sûr à m'entraîner. Chaque après-midi, n'importe où, je m'asseyais dans un coin tranquille pour me concentrer sur le visage de mon frère. Parfois, je choisissais quelque chose de moins personnel, par exemple une orange, une paire de lunettes, mais c'était encore plus difficile.

Un jour, j'allai à Dacca, dans l'est du Bengale, pour y donner un numéro dans un collège. Là-bas, j'assistai par hasard au spectacle d'un homme qui marchait sur le feu.

Des centaines de gens regardaient, assis sur une pelouse en pente, au bout de laquelle on avait creusé un fossé.

Le fossé avait une longueur de huit mètres environ. Il était rempli de grosses bûches, de fagots et de charbon. On y avait versé un peu d'essence qu'on avait allumée. Au bout d'un moment, le fossé était devenu un véritable brasier rougeoyant. Le feu était si chaud que ceux qui l'entretenaient étaient obligés de se protéger les yeux avec des lunettes. Il y avait un grand vent qui chauffait le charbon presque à blanc.

L'Indien qui marchait sur le feu s'avança. Il portait un tout petit pagne et avait les pieds nus. L'homme entra dans le fossé, et le traversa sur toute sa longueur en marchant sur le charbon chauffé à blanc. Il ne courait pas, il n'hésitait pas, il marchait tout simplement. Quand il sortit de l'autre côté du fossé, ses pieds n'étaient même pas roussis. Il montra la plante de ses pieds à la foule qui regardait, médusée.

Puis l'homme traversa le fossé en sens inverse. Cette fois-ci, il marcha encore plus lentement, et je pus voir sur son visage qu'il était dans un état de concentration totale.

— Cet homme, me dis-je, a pratiqué le yoga, c'est un yogi.

Après son numéro, l'homme interpella la foule, demandant s'il y avait quelqu'un d'assez courageux pour descendre dans le fossé et marcher sur le feu. La foule se tut. Je me sentis soudain très excité. C'était ma chance. Il fallait que je la saisisse. Je devais avoir le courage et la foi. Je devais essayer. Je faisais des excercices de concentration depuis trois ans déjà, et il était temps que je m'impose une épreuve sérieuse.

Pendant que j'agitais ces pensées, un jeune Indien surgit de la foule. Il déclara qu'il voulait marcher sur le feu. Cela me décida. Je m'avançai et j'annonçai que, moi aussi, je marcherais sur le feu. La foule nous applaudit vivement tous les deux.

L'homme qui marchait sur le feu prit la direction des opérations. Il dit à l'autre Indien qu'il passerait en premier. Il lui demanda d'enlever ses sandales puis son pagne, sinon il risquerait de prendre feu.

Le jeune homme lui obéit. Mais, maintenant qu'il était tout près du fossé et qu'il pouvait sentir la chaleur terrible de la fournaise, il commençait à avoir peur. Il recula de quelques pas, en se protégeant le visage des mains.

— Si vous ne voulez plus, vous n'êtes pas obligé de le faire, dit l'homme qui marchait sur le feu.

La foule, pressentant un drame, observait en silence.

Le jeune homme, bien qu'affolé, voulait montrer qu'il était courageux.

— Bien sûr, je vais le faire, dit-il. Sur ces mots, il se précipita vers le fossé. Il avança un pied, puis l'autre. Il poussa un hurlement terrifiant, fit un bond et s'écroula à terre. Le pauvre homme gisait, hurlant de douleur. La plante de ses pieds était affreusement brûlée, et, par endroits, la peau était partie. Deux de ses amis sortirent de la foule et l'emmenèrent.

— A toi, maintenant. Es-tu prêt ? demanda l'homme qui marchait sur le feu.

— Je suis prêt. Mais je vous prierai tous d'être silencieux pendant que je me prépare.

Un grand silence s'installa sur la foule. Elle avait vu un homme se brûler horriblement. Le second serait-il assez fou pour entreprendre la même chose ?

— Vous êtes fou ! Ne le faites pas ! me cria quelqu'un.

Les autres aussi se mirent à crier pour que j'abandonne.

Je leur fis face et demandai le silence en agitant les mains. Les cris cessèrent et tous me regardèrent fixement. Je me sentais extraordinairement calme.

J'enlevai mes sandales. Je mis mon pagne sur la tête tout en gardant mon slip. Je fermai les yeux, et je commençai à me concentrer. Je me concentrai sur le feu. Je ne vis rien d'autre que les morceaux de charbon chauffés à blanc. Je me concentrai sur eux comme s'ils n'avaient plus été chauds, mais froids.

— Le charbon est froid, me dis-je. Il ne peut pas me brûler. C'est impossible qu'il me brûle parce qu'il n'est pas chaud.

Je me donnai une demi-minute. Je savais que je ne pouvais attendre plus car j'étais incapable de me concentrer complètement sur quelque chose plus d'une minute et demie. J'étais concentré si intensément que j'étais dans une sorte de transe. J'avançai alors sur le charbon. Je traversai assez rapidement la longueur du fossé. Je n'avais pas été brûlé !

La foule déchaînée criait en applaudissant. L'homme qui marchait sur le feu se précipita vers moi et examina la plante de mes pieds. Il n'en croyait pas ses yeux. Pas de trace de brûlure.

— Ayee ! cria-t-il. Que se passe-t-il ? Vous êtes un yogi ?

— Je le deviendrai, monsieur, répondis-je fièrement. Je suis sur la bonne voie.

Après ça, je me rhabillai et je partis rapidement pour éviter la foule. Bien sûr, j'étais excité.

— C'est arrivé ! Enfin le pouvoir commence à se manifester !

Et je me rappelai ce que me disait le vieux yogi de Hardwar.

“ On sait que certains sages ont atteint un tel degré de concentration qu'ils peuvent voir sans yeux. ”

Je n'ai jamais oublié ces paroles, et je souhaitais

en faire autant. Après avoir réussi à marcher sur le feu, je décidai que je fixerais toutes choses dans ce seul dessein : voir sans yeux. »

Une seconde fois, Imhrat Khan arrêta son histoire. Il prit une gorgée d'eau, se renversa dans son fauteuil et ferma les yeux.

— J'essaie de vous raconter les événements dans l'ordre chronologique, continua-t-il, car je ne veux rien oublier.

— Vous avez raison, dis-je. Poursuivez.

« Très bien. J'étais donc à Calcutta et je venais de réussir à marcher sur le feu. J'avais décidé de concentrer toute mon énergie sur une seule chose : voir sans yeux.

Le temps était venu par conséquent de modifier quelque peu les exercices. Chaque nuit, à présent, j'allumais une bougie et j'en fixais la flamme. La flamme d'une bougie, vous savez, comporte trois parties, une partie jaune au sommet, une partie mauve à la base et la partie noire tout au milieu. Je plaçais la bougie à quarante centimètres de mon visage, exactement à hauteur de mes yeux, ni plus bas ni plus haut. C'était parfait, parce que je n'avais pas à faire le moindre effort musculaire pour baisser ou lever les yeux. J'étais installé confortablement et je commençais par fixer la partie noire de la flamme, simplement pour vider mon esprit de ce qui m'entourait. Oui, je regardais cette tache noire dans la flamme jusqu'à ce que tout, autour de moi, disparût et que ne visse rien. Puis lentement, je fermais les yeux, et je me concentrais alors sur un objet et un seul, qui, comme vous le savez, était d'habitude le visage de mon frère.

Je fis cela chaque nuit avant d'aller me coucher, et en 1929, à vingt-quatre ans, je pouvais me concentrer trois minutes sur un objet sans que mon esprit vagabondât. Cette année-là, je pris conscience d'une légère possibilité de voir un objet les yeux fermés. Ce n'était qu'une petite impression étrange. Mais, lorsque je fermais les yeux et que je me concentrais fortement, je pouvais voir la forme d'un objet. Je commençais lentement à développer ma *vue intérieure*. Vous vous demandez ce que j'entends par là ? Je vais vous l'expliquer, exactement comme le yogi de Hardwar me l'a expliqué.

Chacun de nous, voyez-vous, à deux vues, deux odorats, deux goûts et deux ouïes. Il y a le sens extérieur, celui que nous utilisons tous et qui est très développé, et puis il y a le sens intérieur. Si l'on savait seulement utiliser nos sens intérieurs, alors nous pourrions sentir sans nez, goûter sans langue, entendre sans oreilles et voir sans yeux. Vous ne comprenez pas ? Ne voyez-vous pas que notre nez, notre langue, nos oreilles et nos yeux sont seulement — comment dire ? — des instruments, qui nous aident à transmettre la sensation elle-même au cerveau.

Et c'est pourquoi j'essayais tout le temps de développer ma *vue intérieure*. Chaque nuit, je faisais mes exercices habituels avec la flamme d'une bougie et le visage de mon frère. Après je me reposais un court instant, je buvais une tasse de café, je me bandais les yeux et je m'asseyais sur ma chaise en tentant de visualiser, de voir, non pas simplement d'imaginer, mais de voir sans yeux chaque objet de ma chambre.

Et petit à petit, j'y parvins. Bientôt, je m'exerçai avec un jeu de cartes. Je prenais la première carte du paquet et je la retournais, en essayant de voir à travers. J'écrivais au crayon ce que je pensais voir. Je prenais la carte suivante et je recommençais. Jusqu'à la fin du jeu, et alors je comparais ce que j'avais écrit avec la pile de cartes. J'obtins très vite soixante à soixante-dix pour cent de réussite.

D'autre part, j'achetai des cartes géographique et maritime que j'accrochai aux murs de ma chambre. Je passais des heures à les contempler, les yeux fermés, à essayer de les voir, à lire les petites lettres des noms des villes et de rivières. Et pendant quatre ans, chaque après-midi, je continuai à m'exercer ainsi.

En 1933 (c'était l'année dernière et j'avais vingt-huit ans), je pouvais lire un livre, les yeux complètement bandés.

Voilà, j'étais sûr que j'avais enfin ce pouvoir. Aussitôt, bouillant d'impatience, j'inclus le numéro des yeux bandés à mon spectacle de prestidigitation.

Les spectateurs adorent ce numéro. Les applaudissements durent longtemps. Mais personne ne croit qu'il est authentique. Tout le monde pense que ce n'est qu'un truc habile, et le fait que je sois prestidigitateur les incite davantage à croire que je triche. Les prestidigitateurs ont tous des tours extrêmement habiles, alors personne ne me croit. Même les médecins qui me bandent les yeux si bien refusent de croire que je puisse voir sans yeux. Ils oublient qu'il peut y avoir d'autres façons de voir. »

Je l'interrompis, intrigué, et lui demandai :

— Quelles autres façons ?

— Tout à fait honnêtement, je ne sais pas comment je vois sans yeux. Mais je sais que, lorsque mes yeux sont bandés, je ne les utilise pas du tout. Je *vois* par une autre partie du corps.

— Laquelle ?

— N'importe laquelle, pourvu que la peau soit nue. Par exemple, si on met une feuille de métal entre le livre et moi, je ne peux plus lire. Mais si je peux placer ma main de l'autre côté de la feuille, alors je peux lire comme si ma main elle-même voyait le livre.

— Cela vous ennuierait-il que je vérifie ce point ? demandai-je.

— Je n'ai pas de feuille métallique, mais la porte pourrait faire l'affaire.

Je me levai et j'allai prendre sur une étagère le premier livre qui me tomba sous la main. C'était *Alice au pays des merveilles*.

J'entrouvris la porte et je demandai à mon invité de se tenir derrière. Je posai le livre ouvert au hasard contre le dossier d'une chaise. Puis je me plaçai dans une position telle que je pouvais voir le livre et Imhrat Kahn en même temps.

— Pouvez-vous lire ? demandai-je.

— Non, bien sûr que non.

— Très bien, avancez votre main à travers l'ouverture de la porte, seulement votre main.

Il glissa la main dans l'entrebâillement jusqu'à ce qu'elle fût près du livre. Je vis alors les doigts se séparer les uns des autres, se déployer, trembloter, palper l'air comme les antennes d'un insecte. Puis la main se tourna de sorte que son revers fît face au livre.

— Essayez de lire la page de gauche depuis le début.

Il y eut un silence de dix secondes peut-être, puis lentement mais sans s'arrêter, il lut :

— *As-tu trouvé la devinette ? demanda le chapelier, en se retournant vers Alice. — Non, je donne ma langue au chat, répondit Alice. Quelle est la réponse ? — Je n'en ai pas la moindre idée, dit le chapelier. — Moi non plus, dit le lièvre de Mars. Alice poussa*

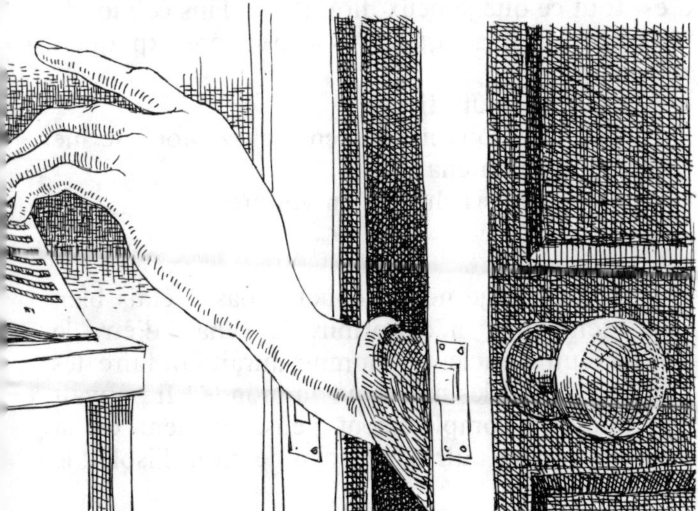

un soupir de lassitude. — Je crois que vous pourriez mieux employer votre temps que de le perdre à poser des devinettes sans réponses, dit-elle...

— C'est parfait, m'écriai-je. Je vous crois à présent. C'est un miracle.

J'étais très excité.

— Merci, docteur, dit-il d'un air grave. Ce que vous venez de dire me fait grand plaisir.

— Juste une question au sujet du jeu de cartes, ajoutai-je. Quand vous tenez une carte à l'envers, est-ce que vous mettez votre main de l'autre côté pour lire ?

— Question pertinente, dit-il. Non, je ne fais pas ça. Quant aux cartes, je suis vraiment capable de voir à travers.

— Comment expliquez-vous cela ?

— Je ne l'explique pas. Peut-être, parce qu'une carte est une chose légère, mince et qu'elle n'est pas dure comme du métal ou épaisse comme une porte. C'est tout ce que je peux dire. Il y a dans ce monde beaucoup de choses que nous ne pouvons expliquer, docteur.

— Oui, bien sûr, dis-je.

— Pourriez-vous me ramener chez moi ? Je me sens fatigué maintenant.

Je le reconduisis chez lui en voiture.

Cette nuit-là, je ne me couchai pas. J'étais bien trop excité pour m'endormir. Je venais d'être le témoin d'un miracle. Cet homme aurait fait faire des cabrioles à tous les médecins du monde ! Il pouvait révolutionner complètement l'enseignement de la médecine ! Nous autres médecins devrions l'isoler, le mettre en sûreté, veiller sur lui, l'empêcher de partir, afin de découvrir de quelle manière une image visuelle peut parvenir au cerveau sans passer par les yeux. Si nous arrivions à ce résultat, alors les aveugles pourraient voir et les sourds entendre. Enfin, on ne devait plus ignorer le cas de cet homme incroyable et le laisser errer à travers l'Inde, habiter des hôtels minables et jouer dans des théâtres de second ordre.

En pensant à tout cela, j'étais dans un tel état d'effervescence que je saisis un cahier et un crayon et que je commençai à mettre au propre tout ce que m'avait raconté Imhrat Khan. J'utilisai les notes prises pendant qu'il parlait. J'écrivis cinq heures sans m'arrêter. A huit heures du matin, au moment d'aller, à l'hôpital, j'avais fini la partie la plus importante de la rédaction, les pages que vous venez de lire.

Ce matin-là, je ne rencontrai pas le docteur Marshall avant notre pause pour le thé dans la salle des médecins.

Je lui racontai tout ce que je pus pendant les dix minutes dont nous disposions.

— Je retourne au théâtre ce soir, dis-je. Je dois lui parler de nouveau. Il faut que je le convainque de venir à l'hôpital. Nous ne devons plus perdre sa trace maintenant.

— Je viens avec vous, dit le docteur Marshall.

— D'accord. Nous regarderons son spectacle, puis nous l'inviterons à dîner.

A sept heures moins le quart, je conduisis le docteur Marshall jusqu'à Acacia Street. Je garai la voiture, et nous nous dirigeâmes vers le Royal Palace Hall.

— Que se passe-t-il ? dis-je. Il n'y a personne.

Il n'y avait personne, en effet, en face du théâtre, et les portes étaient fermées. L'affiche annonçant le spectacle était encore en place, mais je vis qu'on avait écrit à la peinture noire et en grosses lettres d'imprimerie :

REPRÉSENTATION DE
CE SOIR ANNULÉE.

Je m'adressai à un vieux gardien devant la porte.

— Que se passe-t-il ?

— Quelqu'un est mort, répondit-il.

— Qui ? demandai-je, me doutant déjà de qui il s'agissait.

— L'homme qui voyait sans yeux, dit le gardien.

— Comment est-il mort ? Quand ? Où ? criai-je.

— Il est mort dans son lit, répondit le gardien. Il est allé se coucher et il ne s'est pas réveillé. Ça arrive, quelquefois.

Nous retournâmes à ma voiture. J'étais accablé de douleur et de colère. Jamais je n'aurais dû permettre à un homme si extraordinaire de rentrer chez lui, la nuit dernière. J'aurais dû le garder chez moi, lui donner mon lit et prendre soin de lui. Non, je n'aurais pas dû le perdre de vue. Il était entré en communication avec des forces mystérieuses et dangereuses, hors d'atteinte des gens ordinaires. Il avait défié toutes les lois naturelles. Il avait fait des miracles en public. Il avait touché de l'argent pour ça. Et, mieux, il avait dévoilé quelques-uns de ses secrets à un profane : moi. Et maintenant il était mort.

— Et voilà, fit le docteur Marshall.

— Oui, dis-je. Voilà, c'est fini.

Personne ne saura jamais comment il s'y prenait.

Cela est le rapport précis et véridique de tout ce qui se passa au cours de mes deux rencontres avec Imhrat Khan.

Signé : John F. Cartwright,
docteur en médecine.

Bombay, le 4 décembre 1934. »

« Bien, bien se dit Henry Sugar. Cela est extrêmement intéressant. »

Il referma le cahier d'écolier, et regarda la pluie éclabousser les fenêtres de la bibliothèque.

— Voilà une information fantastique, continua-t-il à voix haute. Elle pourrait changer ma vie.

L'information fantastique dont parlait Henry Sugar était qu'Imhrat Khan avait appris à lire la valeur des cartes retournées. Et Henry le joueur (joueur peu scrupuleux) avait compris aussitôt qu'il ferait fortune s'il savait lire de la même façon. Henry s'accorda quelques instants de rêverie. Il pensa aux choses merveilleuses qu'il ferait s'il acquérait ce pouvoir. Il gagnerait tout le temps à la canasta, au bridge et au poker. Mieux encore, il viderait les banques de n'importe quel casino du monde au black jack et aux autres jeux de cartes !

Henry savait très bien que, dans un jeu, tout dépend à la fin de la valeur d'une seule carte. Si vous connaissez d'avance celle-ci, alors vous frappez un grand coup ! Mais réussirait-il à acquérir ce pouvoir ?

Pourquoi pas ? Ce truc avec la flamme d'une bougie ne semblait pas particulièrement difficile. Et selon le manuscrit, c'était vraiment tout ce qu'il y avait à faire. Regarder seulement le centre d'une flamme, et se concentrer sur le visage qu'on préfère.

Il lui faudrait sans doute plusieurs années pour réussir, mais qui n'accepterait de s'entraîner quelques années dans le dessein de gagner à tous les coups au casino ?

— Zut alors ! Je vais le faire, s'écria Henry. Je le ferai !

Assis dans le fauteuil de la bibliothèque, il élaborait des plans futurs. Surtout, il ne raconterait à personne ce qu'il préparait. Il volerait le petit cahier. Ainsi, aucun de ses amis ne risquerait de découvrir son secret. Il garderait toujours le cahier avec lui. Ce serait sa Bible. Comme il ne pouvait aller en Inde chercher un yogi pour l'instruire, ce manuscrit serait donc son yogi, son professeur.

Henry se releva et glissa le mince cahier sous sa veste, il sortit de la bibliothèque et monta dans la chambre qu'on lui avait donnée pour le week-end. Il cacha le cahier sous ses vêtements dans sa mallette. Puis il descendit à l'office.

— John, dit-il au maître d'hôtel, pouvez-vous me donner une bougie ? Juste une bougie blanche ordinaire.

Les maîtres d'hôtel ne posent pas de questions, ils obéissent simplement aux ordres.

— Voulez-vous un bougeoir également, monsieur ?

— Oui, une bougie et un bougeoir.

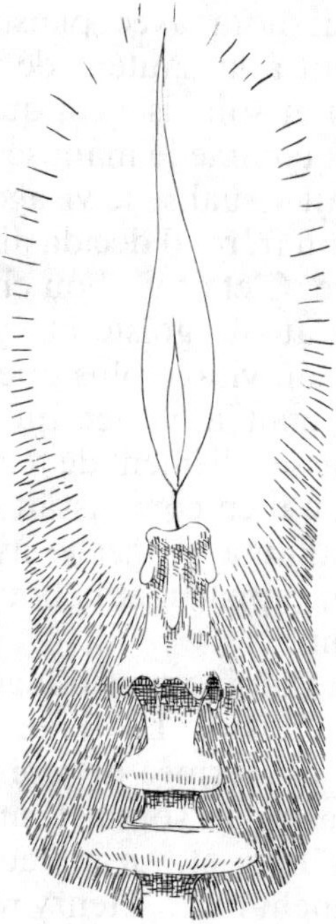

— Très bien, monsieur. Dois-je les apporter dans votre chambre ?

— Non, je m'en chargerai.

Le maître d'hôtel les apporta aussitôt.

— Pouvez-vous également mc procurer un mètre ? demanda Henry.

Le maître d'hôtel en trouva un. Henry le remercia et regagna sa chambre.

Il s'enferma. Il tira les rideaux pour plonger la pièce dans la pénombre. Il posa le bougeoir muni de la bougie sur la coiffeuse et approcha une chaise.

Une fois assis, il nota avec plaisir que ses yeux étaient exactement à la hauteur de la mèche. Utilisant le mètre, il mit son visage à quarante centimètres de la bougie, comme le manuscrit le précisait.

Cet Indien avait visualisé le visage de la personne qu'il préférait : son frère. Il décida alors de visualiser son propre visage. C'était un bon choix.

Quand on est aussi égoïste et égocentrique que Henry, on aime son visage plus que tous les autres. Mieux encore, c'était le visage qu'il connaissait le mieux. Il avait passé tellement de temps à le regarder dans un miroir qu'il en connaissait chaque rictus et chaque ride. Il alluma la mèche avec son briquet. Une flamme jaune apparut et la bougie se mit à brûler tranquillement.

Henry fixait la flamme sans bouger. Le manuscrit avait tout à fait raison. La flamme, quand on la regarde de près, est formée de trois parties distinctes : une partie jaune au sommet, une sorte de fourreau mauve à la base et, au milieu, la petite tache magique absolument noire. Henry regardait la petite tache noire. Il concentrait son regard sur elle, et une chose extraordinaire arriva alors : le vide total se fit dans son esprit et son cerveau cessa de papillonner d'une idée à l'autre.

Il eut, tout à coup, la sensation qu'il était réellement à l'intérieur de la flamme, assis confortablement et bien au chaud dans la petite tache de néant.

Sans aucune difficulté, Henry parvint à voir devant lui l'image dansante de son propre visage. Il se concentra sur lui, rien que sur lui, chassant toute autre pensée. Il réussit à se concentrer totalement, mais cela ne dura qu'une quinzaine de secondes. Après, son esprit recommença à errer. Il pensait aux casinos, aux jeux, à ses gains futurs. Alors, il détourna son regard de la bougie et s'accorda un moment de repos.

C'était le premier effort de sa vie. Il était tout excité d'y être arrivé. Il n'avait pas tenu très longtemps, certes, mais l'Indien non plus lors de son premier essai.

Quelques minutes après, il recommença. Cela marcha bien. Il n'avait pas de chronomètre, mais sentit que sa seconde tentative durait plus longtemps que la première.

— Formidable ! cria-t-il. J'ai réussi ! J'ai réussi !

Il n'avait jamais été aussi enthousiaste.

A partir de ce jour, où qu'il fût, quoi qu'il fît, Henry s'exerça avec la bougie chaque matin, chaque soir, et souvent même à midi. Pour la première fois de sa vie, il était réellement passionné par quelque chose, et il faisait des progrès remarquables. Six mois plus tard, il pouvait se concentrer sur son propre visage pendant trois minutes, pas moins, sans être dérangé par une image venue de l'extérieur.

Le yogi de Hardwar avait dit à l'Indien qu'un homme devait s'exercer quinze ans pour obtenir un tel résultat !

Mais attention, le yogi avait ajouté autre chose. Et Henry consulta fiévreusement le petit cahier bleu pour la centième fois. Le yogi avait ajouté que, dans des cas extrêmement rares, il arrivait qu'un individu doué réussisse à maîtriser le yoga en moins d'une ou deux années.

— Comme moi ! cria Henry. Exactement comme moi ! Je suis cette personne assez douée pour apprendre en si peu de temps ! Youpi ! Hourra ! Il n'est pas loin le moment où je ferai sauter les banques de tous les casinos d'Europe et d'Amérique !

Alors Henry se montra d'une patience et d'un bon sens inhabituels. Il ne se précipita pas sur un jeu de cartes pour voir s'il pouvait les lire à l'envers. En fait, il ne touchait plus du tout aux jeux de cartes. Il avait abandonné le bridge, la canasta et le poker dès qu'il avait commencé son entraînement avec la bougie. Il ne fréquentait plus les fêtes et les réunions du week-end chez ses riches amis. Il avait décidé de se consacrer entièrement au yoga et de négliger tout le reste jusqu'à sa réussite.

Au cours du dixième mois, Henry se rendit compte, tout comme Imhrat Khan avant lui, qu'il parvenait presque à voir un objet, les yeux fermés. Oui, lorsqu'il fermait les yeux et qu'il se concentrait fortement, il pouvait réellement voir la forme de l'objet.

— J'ai réussi ! cria-t-il. J'ai vu ! C'est fantastique !

Alors, il s'exerça de plus belle avec la bougie. A la fin de la première année, il réussit à se concentrer sur l'image de son propre visage pas moins de cinq minutes et demie.

Puis il pensa qu'il était temps de faire le test avec les cartes. Dans la salle de séjour de son appartement de Londres, il prit cette décision, il était presque minuit. Il alla chercher un jeu de cartes, du papier et un crayon, en tremblant d'excitation. Il plaça le paquet retourné devant lui et commença à se concentrer sur la première carte.

Au début, tout ce qu'il put voir fut le motif du dos, un motif très ordinaire de fines lignes rouges, le dessin le plus courant. Il se concentrait maintenant pour voir l'autre côté de la carte. Il faisait un grand effort de concentration, ne laissant aucune autre pensée se glisser dans son esprit. Trente secondes passèrent. Puis une minute... Deux minutes... Trois minutes...

Henry ne bougeait pas. Il était dans un état de concentration totale, il essayait de visualiser la face cachée de la carte. Rien ne devait perturber son esprit.

Au cours de la quatrième minute, il commença à se passer quelque chose. Lentement comme par magie, mais très nettement, le symbole noir devint un pique et le chiffre un cinq.

Le cinq de pique !

— J'ai réussi ! cria-t-il en bondissant de sa chaise. J'ai vu à travers la carte ! Je suis sur la bonne voie !

Après s'être reposé un moment, il recommença, cette fois avec un chronomètre. Après trois minutes et cinquante-huit secondes, il reconnut le roi de carreau. Il ne s'était pas trompé !

La troisième fois, il ne se trompa point et cela lui prit trois minutes et cinquante-quatre secondes. Quatre secondes de moins.

Il suait abondamment d'émotion et de fatigue.

« Ça va pour aujourd'hui », pensa-t-il. Il se leva, se servit un verre de whisky puis se rassit et savoura son triomphe.

A présent, se disait-il, il ne restait plus qu'à s'exercer sans cesse avec les cartes jusqu'à ce qu'il vît immédiatement à travers. Il savait qu'il pourrait le faire. Il avait déjà gagné quatre secondes. Il ne travaillerait plus avec la bougie, il se concentrerait seulement sur les cartes, nuit et jour.

Et c'est ce qu'il fit. Maintenant qu'il sentait le succès à portée de main, il s'entraînait plus que jamais. Il ne quittait son appartement que pour acheter de quoi boire et manger. Toute la journée et souvent tard dans la nuit, il restait penché sur les cartes, chronomètre en main, essayant de réduire le temps qu'il mettait pour les lire.

En un mois, il était descendu à une minute et demie.

Au bout de six mois d'une concentration fiévreuse, il pouvait lire les cartes en vingt secondes. Mais vingt secondes, c'était encore trop. Quand vous jouez dans un casino et que le donneur attend votre oui ou votre non pour donner la carte suivante, il n'est pas possible de la regarder vingt secondes avant de vous décider. Trois ou quatre secondes, ça va, mais pas plus. Henry continuait son entraînement. Mais il lui devenait de plus en plus difficile de réduire son temps. Passer de vingt à dix-neuf secondes lui prit une semaine de travail acharné. Passer de dix-neuf à dix-huit lui prit presque deux semaines. Et sept mois de plus s'écoulèrent, avant qu'il puisse voir à travers une carte en dix secondes. Son objectif était d'atteindre quatre secondes. Sinon, il ne pourrait pas réussir dans les casinos. Pourtant, plus il se rapprochait de son objectif, plus il semblait difficile à atteindre. Il mit quatre semaines pour passer de dix à neuf secondes, et cinq semaines encore pour passer de neuf à huit. Au point où il en était, travailler dur ne l'ennuyait plus. Son pouvoir de concentration avait atteint un tel niveau qu'il pouvait travailler douze heures d'affilée sans se fatiguer. Il était absolument sûr qu'il finirait par arriver à son but. Il ne s'arrêterait pas avant. Jour après jour, nuit après nuit, il restait penché sur ces cartes avec son chronomètre. Il luttait comme un fou contre ces quelques secondes de trop.

Le cap des trois dernières secondes fut le plus difficile. Passer de sept à quatre lui prit exactement onze mois !

L'événement se produisit un samedi soir. Sur une table, devant lui, il avait posé une carte retournée. Il enclencha le chronomètre et commença à se concentrer. Aussitôt, il vit une tache rouge. Cette tache prit rapidement la forme d'un carreau. Et puis, presque aussitôt, le chiffre six apparut dans le coin supérieur gauche. Il arrêta le chronomètre, et y jeta un coup d'œil. Quatre secondes ! Il retourna la carte. C'était le six de carreau ! Il avait réussi, il avait vu la carte en quatre secondes pile !

Il fit une nouvelle tentative. En quatre secondes, il vit que c'était la dame de pique. Tout le jeu y passa. A chaque carte, il évaluait son temps de lecture. Quatre secondes ! Quatre secondes ! Quatre secondes ! Toujours quatre secondes ! Enfin il avait réussi ! C'était fini ! Il était prêt ! Combien de temps avait-il mis ? Exactement trois ans et trois mois de travail acharné.

A lui les casinos, maintenant ! Quand commencer ? Pourquoi pas cette nuit ?

C'était un samedi, et il y a foule ce soir-là dans les casinos et les maisons de jeu. Il avait plus de chances de passer inaperçu. Il alla se changer dans sa chambre. Il se mit en smoking avec une cravate noire. Le samedi soir, on s'habille pour aller dans les grands casinos de Londres.

Il se décida pour le Lord's House. Il y a plus d'une centaine de clubs de jeu à Londres, mais pas un seul n'est ouvert au public. Pour y être admis, il faut en être membre. Henry était membre d'une dizaine de clubs mais il préférait le Lord's House, le plus élégant et le plus fermé des clubs de jeu d'Angleterre.

Le Lord's House était un magnifique hôtel géorgien situé au centre de la ville ; il fut la résidence d'une famille ducale pendant plus de deux siècles. Il appartenait maintenant à des bookmakers. Et les pièces magnifiques avec des hauts plafonds, où l'aristocratie et souvent la famille royale avaient l'habitude de se réunir pour jouer une agréable partie de whist, étaient peuplées d'une nouvelle race de gens qui jouaient à de nouveaux jeux.

Henry partit pour le Lord's House et arrêta sa voiture devant l'entrée principale. Il laissa le moteur tourner et sortit de la voiture. Immédiatement, le portier en uniforme vert se précipita pour la garer.

Le long du trottoir, il y avait bien une douzaine de Rolls-Royce. Le Lord's House n'était fréquenté que par des gens très riches.

— Bonjour, monsieur Sugar ! s'exclama l'homme du bureau d'accueil, dont le travail consistait à ne jamais oublier un visage. On ne vous a pas vu depuis des années.

— J'étais occupé, répondit Henry. Il monta le grand et magnifique escalier à la rampe d'acajou sculpté, et entra dans le bureau du caissier. Là, il rédigea un chèque de mille livres. Le caissier lui donna dix plaques rectangulaires en plastique rose. Sur chacune était marqué 100 livres. Henry les glissa dans sa poche. Puis il se mit à flâner quelques minutes dans les différentes salles de jeu pour s'imprégner de l'atmosphère après une si longue absence... Cette nuit-là, il y avait beaucoup de monde. Des femmes grassouillettes entouraient la roulette, telles des poules grasses se nourrissant à la trémie. Leurs poitrines et leurs poignets ruisselaient d'or et de bijoux. Beaucoup avaient les cheveux bleutés. Les hommes étaient en smoking. Aucun n'était de grande taille. Henry se demanda pourquoi cette sorte d'hommes riches avait toujours de courtes jambes qui semblaient s'arrêter aux genoux, comme si elles étaient dépourvues de cuisses. Les ventres, pour la plupart, étaient proéminents, les visages cramoisis, et le

cigare pendait entre les lèvres. Les yeux luisaient d'avidité.

Henry remarqua tout cela et, pour la première fois de sa vie, il éprouva du dégoût à voir ces riches joueurs de casino. Jusque-là, il les considérait comme des compagnons, comme des membres du même groupe social que lui. Aujourd'hui, ils lui paraissaient vulgaires.

Il se demanda si les pouvoirs qu'il avait acquis au cours de ces trois dernières années ne l'avaient pas changé un peu.

Il regarda la roulette. Sur la longue table verte, des gens plaçaient de l'argent en essayant de deviner dans quelle case tomberait la bille blanche au prochain tour. Henry observa la cuvette tournante. Et soudain, peut-être par habitude, il sentit qu'il

commençait à se concentrer. Il le faisait très facilement. Il s'y était exercé si longuement que c'était devenu routinier. En une fraction de seconde son esprit fut entièrement concentré sur la roulette. Tout le reste, le bruit, les gens, les lumières, les odeurs de cigare, tout fut comme balayé, et il ne vit plus que la cuvette ronde, polie, aux petits chiffres blancs, numérotés de 1 à 36, avec un 0 entre le 1 et le 36. Très vite, tous les nombres se brouillèrent et dispa-

rurent à ses yeux. Tous sauf un, tous sauf le 18. C'était le seul nombre qu'il voyait. Au début, de façon floue, comme s'il n'avait pas fait la mise au point. Puis il distingua très nettement les chiffres. Leur blancheur devenait de plus en plus lumineuse, éclatante, comme une lumière brillante. Ils grandissaient comme s'ils allaient lui sauter au visage. Alors, Henry cessa de se concentrer. Peu à peu, il vit la salle entière.

— Faites vos jeux ! annonça le croupier.

Henry prit une plaque de cent livres dans sa poche et la plaça sur le 18. Bien que toute la table fût couverte par des paris des autres, il était le seul à avoir misé sur le 18.

Le croupier fit tourner la roulette. La bille blanche rebondit et roula dans la cuvette. Les gens regardaient, les yeux fixés sur cette bille. La roulette ralentit puis s'arrêta. La bille tournoya quelques instants, hésita puis tomba franchement dans la case 18.

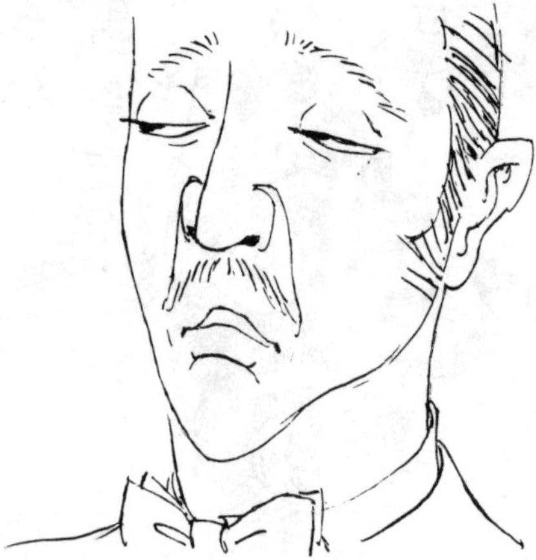

— Dix-huit ! annonça le croupier.

Un murmure traversa l'assemblée. L'assistant du croupier ratissa les piles de plaques sur les carrés perdants avec son râteau à long manche en bois. Henry avait gagné à trente-six contre un : trois mille six cents livres pour cent livres. On lui donna trois plaques de mille livres et six plaques de cent.

Il ressentait une extraordinaire soif de puissance. S'il le voulait, il pouvait faire sauter la banque. En quelques heures, il pouvait ruiner ce puissant tripot de luxe. Il pouvait rafler un million de livres. Et tous ces messieurs aux visages de marbre, qui regardaient valser l'argent, s'enfuiraient comme une bande de rats pris de panique.

Le ferait-il ?

C'était extrêmement tentant. Mais ce serait la fin de tout. Il finirait par être trop connu, et on ne lui permettrait plus d'entrer dans aucune maison de jeu au monde. Il ne fallait pas le faire. Il s'agissait au contraire de ne pas attirer l'attention sur soi.

Mine de rien, Henry quitta la roulette et passa dans la salle où l'on jouait au black jack. Sur le pas de la porte, il observait les jeux. Il y avait quatre tables. Elles avaient une forme bizarre, en croissant de lune ; les joueurs se tenaient sur de hauts tabourets placés devant, et le donneur de cartes au centre.

Les paquets de cartes (au Lord's House, on utilisait quatre paquets battus ensemble) étaient dans une boîte sans couvercle, et le donneur tirait les cartes une à une. On ne voyait que le dos de la première carte.

Le black jack, comme on l'appelle dans les casinos (on le connaît aussi sous le nom de « vingt et un »), est un jeu vraiment très simple. Le joueur tente d'avoir entre les mains des cartes dont la somme approche le plus possible vingt et un. Si la somme dépasse vingt et un, il a perdu, et c'est le donneur qui prend l'argent. Dans presque tous les cas, le joueur doit choisir entre deux possibilités : demander une carte nouvelle et risquer de dépasser vingt et un, ou garder ce qu'il a. Mais pour Henry le problème ne se poserait pas. En quatre secondes, il verrait à travers la carte ce que lui proposerait le donneur, et il saurait s'il fallait accepter ou non. Le black jack deviendrait pour lui un jeu d'enfant.

Dans les maisons de jeu, il y a une règle gênante pour les joueurs de black jack. Chez soi, avant de parier, on regarde la première carte, et si c'est une bonne carte, on parie gros. Cela n'est pas permis dans les casinos. Chaque joueur doit faire son enjeu avant la première donne. Pire encore, on ne vous permet pas d'augmenter votre mise en demandant une nouvelle carte plus tard.

Cela ne gênait en rien Henry. Tant qu'il resterait assis premier joueur à gauche du donneur, il recevrait chaque fois la première carte au début du jeu. Il verrait clairement la figure de la carte invisible aux yeux des autres avant d'annoncer son enjeu.

Posté à l'entrée de la salle, Henry attendait qu'une place à la gauche du donneur se libère à l'une des quatre tables. Il attendit vingt minutes pour obtenir ce qu'il voulait.

Il se percha sur le haut tabouret, et tendit au donneur une des plaques de mille livres qu'il avait gagnées à la roulette.

— Tout en vingt-cinq, s'il vous plaît, dit-il.

Le donneur était un très jeune homme à la peau grisâtre et aux yeux noirs. Il ne souriait jamais et ne parlait que lorsque c'était nécessaire. Ses mains étaient exceptionnellement longues, et ses doigts étaient capables de compter tout seuls. Il prit la plaque tendue par Henry et la glissa dans une fente de la table. Sur un plateau de bois, devant lui, se trouvaient trois rangées de jetons de différentes couleurs, des jetons de vingt-cinq livres, dix livres, et cinq livres, une centaine dans chaque rangée. Le donneur prit une petite pile de jetons de vingt-cinq livres entre le pouce et l'index et la posa sur la table. Il n'avait pas à les compter, il savait que la pile comprenait vingt jetons. Ses doigts agiles pouvaient saisir sans commettre d'erreur n'importe quel nombre de jetons de un à vingt. Le donneur s'empara d'un second lot de vingt. Il fit glisser les quarante jetons vers Henry.

Henry les empila devant lui et, ce faisant, il regarda la carte qui était au sommet de la boîte. Il se concentra et, au bout de quatre secondes, il vit qu'il s'agissait d'un dix. Il avança huit de ses jetons, soit deux cents livres, l'enjeu maximal permis au black jack du Lord's House.

On lui donna le dix, puis un neuf comme deuxième carte. Dix-neuf points au total.

Quand on a dix-neuf, on s'arrête. On est trop près du but, et l'on espère qu'un vingt ou un vingt et un ne sortira pas.

Aussi, lorsque le donneur arriva au tour de Henry et que celui-ci lui annonça un dix-neuf, il passa au joueur suivant.

— Attendez, dit Henry.

Le donneur s'arrêta et revint vers lui. Il avait relevé les sourcils et le fixait froidement de ses yeux noirs.

— Vous souhaitez une carte après votre dix-neuf ? demanda-t-il, sarcastique et méprisant, avec un accent italien.

Il n'y avait que deux cartes dans le paquet qui pouvaient faire gagner Henry, l'as qui vaut un et le deux. Seul un imbécile se serait risqué à réclamer une autre carte alors qu'il totalisait dix-neuf, surtout avec deux cents livres de mise.

La carte était bien visible dans la boîte. Enfin, le dos de la carte était bien visible. Le donneur ne l'avait pas encore touchée.

— Oui, répondit Henry. Je veux une troisième carte.

Le donneur haussa les épaules et lui tendit la carte. Henry avait en main un deux de trèfle à côté de son dix et de son neuf.

— Merci, dit Henry. Le compte est bon.

— Vingt et un ! annonça le donneur.

Ses yeux noirs se posèrent de nouveau sur le visage de Henry. Il le regarda attentivement, en silence et non sans perplexité. Henry l'avait désarçonné. Jamais de sa vie il n'avait vu quelqu'un demander une nouvelle carte avec un dix-neuf entre les mains. Et ce joueur l'avait fait avec un calme et une assurance qui le stupéfiaient. Et il avait gagné !

Henry croisa le regard du donneur, et réalisa aussitôt qu'il avait commis une stupide erreur. Il avait attiré l'attention sur lui en se montrant trop brillant. Il ne devrait plus commettre cette erreur. A l'avenir, il devrait se montrer très prudent lorsqu'il utiliserait son pouvoir. Et même, à l'occasion, il s'arrangerait pour perdre en commettant quelques bêtises.

Le jeu continua. L'avantage de Henry était si grand qu'il lui était difficile de maintenir ses gains dans une limite raisonnable. De temps en temps, il demandait une troisième carte qui le faisait perdre. Et une fois, alors qu'il avait vu que sa première carte était un as, il engagea le plus petit enjeu, puis se maudit à voix haute de façon spectaculaire pour n'avoir pas misé plus gros.

En une heure, il avait gagné exactement trois mille livres. Il s'arrêta. Il empocha ses jetons et se rendit à la caisse pour les échanger contre de l'argent.

Il avait gagné trois mille livres au black jack et trois mille six cents à la roulette, soit six mille six cents livres. Il aurait pu aussi facilement gagner six cent soixante mille livres. Il se disait qu'il était maintenant capable de gagner de l'argent plus rapidement que n'importe qui au monde.

Le caissier prit la pile de jetons et de plaques sans surprise. Ses yeux clairs derrière ses lunettes cerclées d'acier ne regardèrent même pas Henry. Il s'intéressait seulement aux jetons sur le comptoir. Lui aussi, il avait des doigts très habiles au calcul. Mais il avait plus encore. Toutes ses fibres nerveuses connaissaient l'arithmétique, la trigonométrie, le calcul infinitésimal, l'algèbre et la géométrie euclidienne. C'était une machine à calculer ambulante avec cent mille circuits électriques reliés au cerveau. Il ne mit que cinq secondes pour compter les cent vingt jetons de Henry.

— Voulez-vous un chèque, monsieur Sugar ? demanda-t-il.

Le caissier, comme l'homme de l'accueil, connaissait le nom de chaque membre du club.

— Non, merci, je voudrais du liquide, répondit Henry.

— Comme vous voudrez, fit l'homme aux lunettes.

Au Lord's House, le gain de Henry n'était que menu fretin. Les émirs venaient maintenant à Londres et ils aimaient jouer. Ainsi que les obscurs diplomates d'Extrême-Orient, les hommes d'affaires japonais et les spéculateurs britanniques de valeurs immobilières voulant frauder le fisc. Chaque jour, des sommes vertigineuses étaient gagnées et perdues — le plus souvent perdues — dans les grandes maisons de jeu de Londres. Le caissier revint avec l'argent de Henry et posa la liasse de billets sur le comptoir. Bien qu'il eût là de quoi acheter une petite maison ou une grosse automobile, le chef caissier du Lord's House n'était pas impressionné. C'était comme s'il avait tendu à Henry un paquet de chewing-gum.

« Attends, mon ami, pensa Henry en empochant l'argent. Attends un peu. »

Et il partit.

— Votre voiture, monsieur ? demanda le portier en uniforme vert.

— Pas tout de suite, lui répondit Henry. Je vais prendre un peu l'air. Il déambula dans la rue. Il était presque minuit, la nuit était agréable et fraîche. La grande cité était encore bien éveillée. Henry pouvait sentir la bosse que formait la forte somme d'argent dans la poche intérieure de son smoking. Il la toucha d'une main et la caressa doucement. C'était une grosse somme d'argent pour une heure de travail.

Qu'allait-il se passer ?

Quelle serait la prochaine étape ?

Il pouvait gagner un million de livres en un mois. Plus encore, s'il le voulait. C'était sans limites.

En marchant dans les rues de Londres, par cette nuit fraîche, Henry pensa à sa prochaine aventure. S'il s'agissait d'une histoire inventée, et non d'une histoire vraie, je devrais trouver quelque chose de dramatique, d'excitant et de surprenant. Ce ne serait pas difficile. Alors, avant de vous raconter ce qui arriva réellement à Henry, arrêtons-nous un moment pour voir ce qu'un bon écrivain aurait trouvé pour terminer élégamment sa fiction. Ses notes donneraient à peu près cela:

1. Henry mourrait. Comme Imhrat Khan avant lui, il avait violé le code des yogis et avait utilisé son pouvoir pour des profits personnels.

2. Ce serait mieux s'il mourait d'une manière intéressante et inhabituelle, qui surprendrait le lecteur.

3. Par exemple, il rentrerait chez lui, compterait son argent en savourant son triomphe. En faisant cela, il se sentirait mal. Une douleur à la poitrine.

4. Il a peur. Il décide d'aller se coucher immédiatement. Il se déshabille. Il se dirige tout nu vers l'armoire pour prendre son pyjama. Il passe devant le miroir où l'on peut se voir en pied. Il s'arrête. Il se regarde nu dans le miroir. Automatiquement, par habitude, il se concentre. Et alors...

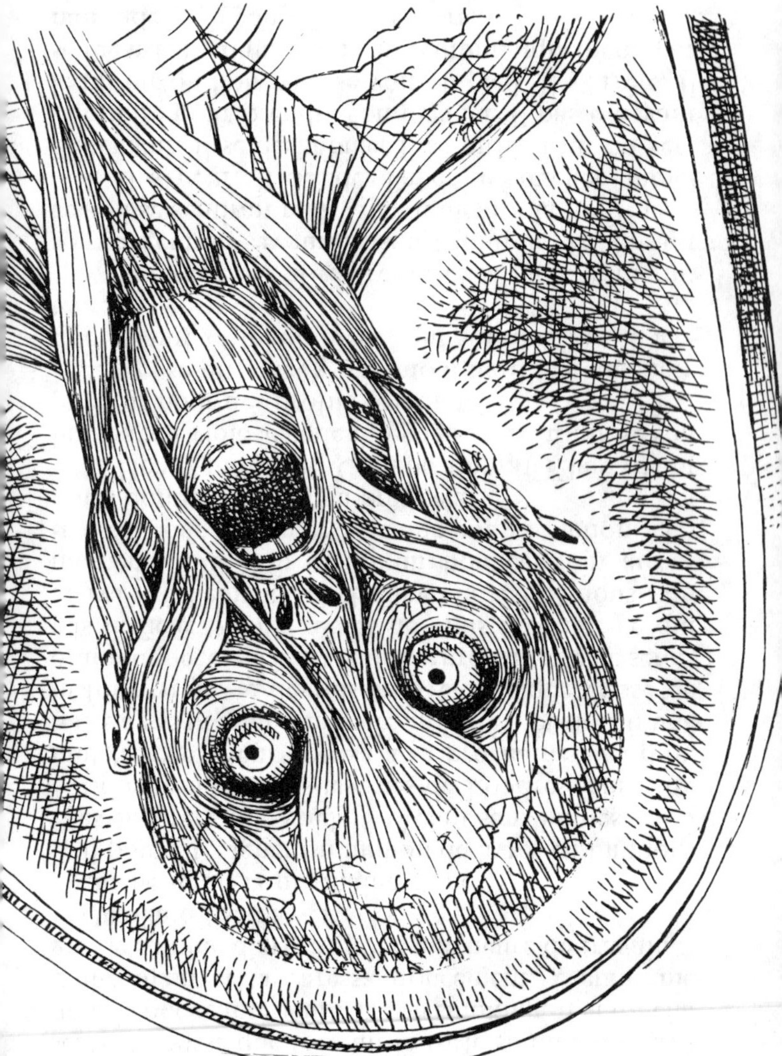

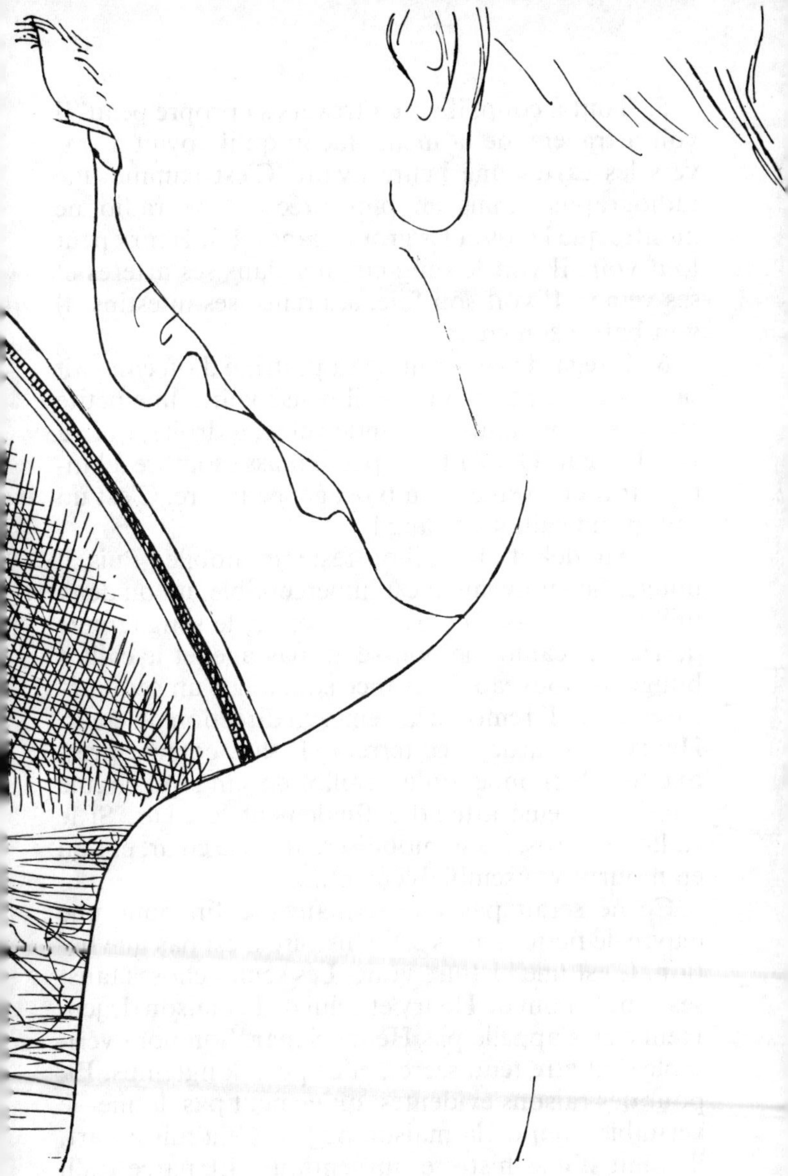

5. Tout à coup, il voit à travers sa propre peau. Il voit à travers, de la même façon qu'il voyait à travers les cartes une heure avant. C'est comme une radiographie, mais en plus précis. Une radio ne montre que les os et les gros organes. Là, Henry peut tout voir. Il voit le sang circuler dans ses artères et ses veines. Il voit son foie, ses reins, ses intestins. Il voit battre son cœur.

6. Il regarde l'endroit de sa poitrine d'où émanait sa douleur... Et il voit.. ou il pense voir... une petite masse sombre dans la grande veine, à droite, qui va vers le cœur. Que fait une petite masse sombre à l'intérieur d'une veine ? Un blocage, peut-être. C'est un caillot, un caillot de sang !

7. Au début, le caillot reste immobile. Puis il bouge. Le mouvement est imperceptible, un ou deux millimètres, pas plus. Dans la veine, le sang circule derrière le caillot, le poussé au passage, et le caillot bouge de nouveau. Il avance soudain d'un centimètre et demi. Il remonte la veine, en direction du cœur. Henry le regarde avec terreur. Il sait, comme presque tout le monde, qu'un caillot de sang qui circule dans une veine atteindra finalement le cœur. Si le caillot est gros, il s'immobilisera dans le cœur, et l'on en mourra vraisemblablement...

Ce ne serait pas une si mauvaise fin pour une œuvre de fiction, mais cette histoire n'est pas une fiction. C'est une histoire vraie. Les seules choses fausses sont le nom de Henry et celui de la maison de jeu. Henry ne s'appelle pas Henry Sugar. Son nom véritable doit être tenu secret, et ce pour longtemps. Et, pour des raisons évidentes, on ne peut pas donner le véritable nom de la maison de jeu. Cela mis à part, il s'agit d'une histoire authentique. Et parce qu'il s'agit d'une histoire authentique, il faut révéler l'issue véritable. Elle n'est ni dramatique ni aussi terrifiante qu'une fin inventée, mais elle est néanmoins intéressante. Voici ce qui s'est réellement passé.

Après avoir erré dans les rues de Londres environ une heure, Henry revint chercher sa voiture au Lord's House. Puis il retourna à son appartement. Il se sentait troublé. Il ne comprenait pas pourquoi il se sentait si peu excité après un succès aussi formidable. Si cela lui était arrivé trois ans auparavant, avant de commencer son entraînement au yoga, il aurait été fou de joie. Il aurait dansé dans les rues et se serait précipité dans la boîte de nuit la plus proche pour fêter l'événement au champagne. Bizarrement, il se sentait mélancolique plutôt qu'heureux. En quelque sorte, tout avait été trop facile. Chaque fois qu'il avait misé, il était sûr de gagner. Il n'y avait plus aucune émotion, aucune angoisse puisqu'il ne risquait pas de perdre. Il savait bien qu'à partir de maintenant il voyagerait de par le monde et gagnerait des millions.

Mais y prendrait-il du plaisir ? Progressivement, Henry se rendait compte que ce n'est pas amusant de gagner quelque chose trop facilement. Surtout l'argent. Par ailleurs, l'entraînement qu'il avait subi afin d'acquérir son pouvoir n'avait-il pas transformé complètement sa façon de voir la vie ?

Sans aucun doute

Revenu chez lui, Henry se coucha aussitôt.

Le lendemain matin, il se réveilla tard. Mais il n'était pas plus heureux que la veille. Et quand il se leva et vit l'énorme liasse de billets sur la commode,

il ressentit une répulsion soudaine et violente pour cet argent. Il ne pourrait jamais expliquer pourquoi, mais il n'en restait pas moins vrai qu'il n'en garderait pas un penny.

Il ramassa la liasse de billets de vingt livres, trois cent trente pour être précis. Il se dirigea vers le balcon de son appartement, et là, en pyjama de soie rouge foncé, il jeta un coup d'œil dans la rue.

Henry habitait Curzon Street, une rue au centre même de Londres, à Mayfair, le quartier le plus élégant et le plus cher. Curzon Street va de Berkeley Street à Park Lane. Son appartement était situé au troisième étage, et sa chambre donnait sur un petit balcon avec une balustrade en fer qui surplombait la rue. Il était environ onze heures, en ce matin ensoleillé de juin. Bien que ce fût un dimanche, très peu de gens se promenaient sur le trottoir. Henry fit glisser un billet de vingt livres de sa liasse, et le laissa tomber depuis le balcon. La brise s'en empara et le poussa en direction de Park Lane. Henry regarda le billet tourbillonner. Finalement, il se posa sur le trottoir d'en face, juste devant un vieil homme. Celui-ci portait un long manteau brun tout râpé, et un chapeau de travers. Il marchait lentement, solitaire. Il vit le billet voleter sous son nez. Il s'arrêta et le ramassa. Il le prit à deux mains et l'examina. Il le retourna. Il l'examina de plus près encore. Puis il redressa la tête et regarda en l'air.

— Hé là ! cria Henry en mettant ses mains en porte-voix. Il est pour vous ! C'est un cadeau !

Le billet entre les mains, le vieil homme resta immobile, en fixant l'inconnu sur le balcon.

— Mettez-le dans votre poche ! cria Henry. Rapportez-le chez vous ! Sa voix portait très loin, et de nombreuses personnes dans la rue s'arrêtèrent pour lever les yeux. Henry prit un autre billet et le jeta dans le vide. Les passants ne bougeaient plus, ils regardaient tout simplement. Ils ne comprenaient pas ce qui se passait. Il y avait là-bas un inconnu sur un balcon qui criait quelque chose et qui jetait un bout de papier, semblait-il. Chacun regardait voltiger ce bout de papier. Et celui-ci se posa près d'un jeune couple qui se tenait, sur le trottoir d'en face, bras dessus, bras dessous. L'homme se dégagea et essaya d'attraper le papier au passage. Il le manqua et le ramassa à terre. Il l'examina de près. Les passants avaient les yeux fixés sur lui. Pour beaucoup, le papier ressemblait étrangement à un billet de banque, et ils attendaient de voir.

— Vingt livres ! hurla l'homme en sautant de joie. Une billet de vingt livres !

— Gardez-le ! lui cria Henry. Il est à vous !

— Comment ? Je peux le garder ? dit l'homme en brandissant le billet. Une excitation bruyante envahit soudain les trottoirs et tout le monde courut se rassembler au milieu de la rue.

— A moi ! criaient-ils en levant les bras. Un billet pour moi ! Envoyez un autre billet, d'autres billets, m'sieur !

Henry prit cinq ou six billets de sa liasse et les jeta.

Les billets flottaient au vent, accompagnés par des cris et des hurlements. Quant ils furent à portée de main, ce fut une belle bousculade, mais tout se passa dans la bonne humeur. Les gens riaient. Cet inconnu en pyjama qui jetait au vent ces gros billets depuis son balcon, c'était fantastique ! Parmi ces passants, très peu avaient vu jusqu'alors un billet de vingt livres.

Mais maintenant il se préparait autre chose.

La vitesse à laquelle les rumeurs circulent dans les rues d'une ville est stupéfiante. La nouvelle se propagea comme un éclair des deux côtés de Curzon Street jusqu'aux autres rues. Les gens arrivaient en courant de toutes parts. En quelques minutes, un millier d'hommes, de femmes et d'enfants obstruaient la rue sous le balcon de Henry. Les voitures ne pouvaient plus passer, alors les conducteurs se joignaient à la foule. Ce fut soudain le chaos à Curzon Street.

A ce moment-là, Henry leva les bras, agita les mains et jeta dans le vide la liasse de billets. Plus de six mille livres voltigeaient en direction de la foule qui criait dans la rue. La mêlée qui s'ensuivit fut réellement spectaculaire. On bondissait pour attraper les billets avant qu'ils ne touchent le sol. On se bousculait, on se poussait, on hurlait en tombant à la renverse. Bientôt toute la chaussée fut envahie par une masse de gens qui vociféraient et se battaient. Malgré tout ce vacarme, Henry entendit la sonnette de son appartement tinter avec insistance. Il quitta le balcon pour aller ouvrir la porte d'entrée. Un grand policier à la moustache noire se tenait devant lui, les mains sur les hanches.

— Vous ! mugit-il en colère. C'est vous ! Savez-vous ce que vous faites ?

— Bonjour, fit Henry. Je suis ennuyé pour la

foule. Je ne pensais pas que cela tournerait ainsi. Je voulais juste donner de l'argent.

— C'est une catastrophe ! mugit encore le policier. Un embouteillage ! Un complot ! Vous avez bloqué toute la rue !

— Je vous ai dit que j'étais désolé, dit Henry. Je ne recommencerai plus, c'est promis. Ils vont bientôt partir.

Le policier montra un billet de vingt livres qu'il tenait à la main.

— Ah ah ! fit Henry. Vous en avez pris un ! Je suis très content, très heureux pour vous !

— Finie la farce ! dit le policier. J'ai quelques questions à vous poser concernant ces billets de vingt livres.

Il sortit un calepin de sa veste.

— Tout d'abord, continua-t-il, d'où vient exactement cet argent ?

— Je l'ai gagné, répondit Henry. J'ai eu de la chance, la nuit dernière.

Il donna le nom de la maison de jeu où il avait gagné l'argent, et le policier l'inscrivit dans son carnet.

— Vérifiez, ajouta Henry. On vous dira que c'est vrai.

Le policier baissa son calepin et regarda Henry droit dans les yeux.

— En fait, fit-il, je crois votre histoire. Vous dites certainement la vérité. Mais cela n'excuse pas ce que vous avez fait.

— Je n'ai rien fait de mal, protesta Henry.

— Idiot, triple idiot, lui cria le policier en se reprenant. Vous êtes un âne bâté et un imbécile heureux ! Si vous avez eu assez de chance pour gagner une aussi formidable somme d'argent et si vous voulez la distribuer, il ne faut pas la jeter par les fenêtres !

— Pourquoi pas ? demanda Henry en souriant de toutes ses dents. C'est une façon comme une autre de s'en débarrasser.

— C'est une façon idiote et stupide ! cria le policier. Pourquoi ne pas en faire un meilleur usage ? La donner à un hôpital, par exemple ? Ou à un orphelinat ? Dans le pays, il y a des tas d'orphelinats qui n'ont même pas assez d'argent pour acheter des cadeaux de Noël aux enfants ! Et voilà quelqu'un de stupide qui ne sait même pas combien c'est dur de gagner sa vie et qui jette son fric par la fenêtre ! Ça me rend dingue, complètement dingue !

— Un orphelinat ? dit Henry.

— Oui, un orphelinat ! cria le policier. J'ai été élevé dans un orphelinat et je sais de quoi je parle !

Sur ces mots, le policier tourna les talons et descendit les escaliers qui menaient à la rue.

Henry ne bougeait pas. Les paroles du policier, et plus spécialement la scène de colère qu'il avait exprimée, avaient frappé notre héros.

— Un orphelinat ? répéta-t-il à voix haute. Ça, c'est une idée ! Mais pourquoi un seul orphelinat ? Pourquoi pas plusieurs ?

Et soudain la grande et merveilleuse idée qui allait changer sa vie prit forme.

Henry referma la porte d'entrée de son appartement. Tout à coup, il ressentit une violente douleur à l'estomac. Il essaya de se calmer en faisant une liste des points qui lui permettraient de réaliser son idée merveilleuse.

— Un, dit-il, je peux gagner une très grosse somme d'argent chaque jour qu'il me reste à vivre.

Deux, je ne dois pas aller dans le même casino plus d'une fois par an.

Trois, je ne dois pas gagner trop dans chaque casino, sinon l'on pourrait soupçonner quelque chose. Je pense qu'il ne faut pas que je dépasse vingt mille livres par nuit.

Quatre, vingt mille livres par nuit pour trois cent soixante-cinq jours par an, ça fait combien?

Henry prit un papier et un crayon, et fit la multiplication.

— Ça fait sept millions trois cent mille livres, dit-il à voix haute. Bien. Cinquième point, je voyagerai sans cesse. Je ne passerai pas plus de deux ou trois nuits dans une même ville. Je ferai le tour du monde. De Londres à Monte-Carlo. A Cannes.

A Biarritz. A Deauville. A Las Vegas. A Mexico. A Buenos Aires. A Nassau, etc.

Six, avec l'argent gagné, je ferai construire un orphelinat dans chaque pays où j'irai. Je deviendrai une sorte de Robin des Bois. Je prendrai l'argent des bookmakers et des propriétaires de maisons de jeu, et je le donnerai aux enfants. Ça semble démodé et sentimental ? Comme un rêve, bien sûr. Mais en fait, si je peux réaliser cette œuvre, ce ne sera plus du tout démodé ni sentimental. Ce sera fantastique !

Sept, j'ai besoin que quelqu'un m'aide, un homme qui ne voyagerait pas, qui s'occuperait des finances, qui achèterait les maisons et qui organiserait tout. Un homme d'affaires. Un homme en qui j'ai confiance. Pourquoi pas John Winston ?

John Winston était le conseiller fiscal de Henry. Il s'occupait de ses impôts sur le revenu, de ses inves-

— Nous commençons demain.

— Avez-vous l'intention de jouer ainsi chaque nuit ?

— Oui, lui répondit Henry. J'irai de ville en ville, de pays en pays. Et, chaque jour, je vous ferai parvenir les bénéfices par virements bancaires.

— Savez-vous quelle somme cela représentera chaque année ?

— Des millions. Environ sept millions par an, dit Henry gaiement.

— Dans ce cas, je ne peux pas rester en Angle-
erre, dit John Winston. Les impôts prendraient
ut.

— Allez où vous voudrez, dit Henry. Ça m'est
al. Je vous fait confiance.

— Je m'installerai en Suisse. Mais pas demain. Je
peux pas tout arrêter comme ça et prendre
ion. Je ne suis pas un célibataire sans attaches et
s responsabilités comme vous. Il faut que j'en
e à ma femme et à mes enfants. Je dois avertir
associés, vendre ma maison, en trouver une
e en Suisse. Ces choses-là prennent du temps,
vieux.

nry sortit de sa poche les dix-sept mille cinq
ivres qu'il venait de gagner et les tendit à John
on en lui disant :

Voici une petite somme qui vous permettra
dre jusqu'à votre installation. Mais dépê-
us. Il me tarde de commencer.

la semaine, John Winston eut un bureau à
e sur une colline magnifique, au-dessus du
enève. Sa famille devait le rejoindre dans les
s délais. Et Henry continua à jouer dans les

tissements et de tous ses problèmes financiers. Henry le connaissait depuis dix-huit ans et ils étaient devenus amis. Rappelez-vous cependant qu'à ce jour John Winston ne connaissait Henry que sous les traits d'un riche play-boy oisif qui n'avait jamais travaillé de sa vie.

— Vous êtes devenu fou, dit John Winston lorsque Henry lui expliqua son projet. Personne n'a jamais trouvé de système pour gagner dans les casinos.

Henry tira de sa poche un paquet de cartes tout neuf.

— Tenez, nous allons faire une petite partie de black jack. Vous donnerez. Et ne me dites pas que les cartes sont truquées. C'est un paquet neuf.

Et avec le plus grand sérieux, pendant environ une heure, assis dans le bureau de Winston dont les fenêtres donnaient sur Berkeley Square, les deux hommes jouèrent au black jack. Ils utilisaient des allumettes comme jetons, chaque allumette valant vingt-cinq livres. Après cinquante minutes, Henry avait déjà gagné trente-quatre mille livres !

John Winston n'arrivait pas à le croire.

— Comment faites-vous ? demanda-t-il.

— Posez le paquet sur la table. A l'envers.

Winston obéit.

Henry se concentra sur la première carte de la pile pendant quatre secondes.

— C'est le valet de cœur, dit-il.

— Exact.

— La suivante est... un trois de cœur.

— Exact.

Il fit de même avec le reste du paquet, en nommant chaque carte.

— Racontez-moi comment vous faites, dit John Winston.

Cet homme à l'esprit posé et scientifique était penché au-dessus de son bureau, fixant Henry de ses grands yeux, brillants comme deux étoiles.

— Vous rendez-vous compte que vous faites quelque chose d'absolument miraculeux ?

— Ce n'est pas miraculeux, dit Henry. C'est simplement difficile. Je suis le seul homme au monde capable de faire cela.

Le téléphone sonna. John Winston décrocha et dit à sa secrétaire :

— Plus d'appel, s'il vous plaît, Suzan, jusqu'à nouvel ordre. Même pour ma femme.

Il leva les yeux vers Henry pour qu'il continue son histoire.

Alors Henry essaya d'expliquer exactement à John Winston comment il avait acquis ce pouvoir. Il lui raconta la découverte du petit cahier, qui donnait tous les renseignements sur Imhrat Khan, et il décrivit ensuite son entraînement acharné pendant les trois dernières années pour arriver à se concentrer ainsi.

Quand il eut fini, John Winston demanda :

— Vous avez essayé de marcher sur le feu ?

— Non, lui répondit Henry. Et je n'essayerai pas.

— Qu'est-ce qui vous fait penser que vous seriez capable de voir à travers les cartes dans un casino ?

Henry lui raconta sa visite au Lord's House la nuit précédente.

— Six mille six cents livres ! s'écria John Winston. Sans blague, vous avez réellement gagné autant ?

— Ecoutez, dit Henry. Je viens de vous gagner vingt-quatre mille livres en moins d'une heure.

— C'est vrai.

— Six mille, c'est un minimum. J'ai dû faire ur
grand effort pour ne pas gagner davantage.

— Vous pouvez devenir l'homme le plus riche
la terre.

— Je ne veux pas devenir l'homme le plus ri
de la terre, dit Henry. Du moins je ne le veux p

Et il exposa son projet d'orphelinats.

Quand il eut fini, il proposa :

— Voulez-vous être mon associé, John ?
vous être mon homme d'affaires, mon ba
mon administrateur ?... Chaque année, il y
millions à gérer.

John Winston, qui était un homme trè
ne prenait jamais une décision à la légère

— Je veux d'abord vous voir jouer, fi

C'est pourquoi, cette nuit-là, ils allè
Club dans Curzon Street.

— Je ne peux plus retourner au
avant un certain temps, avait déclaré

Au premier tour de roulette, H
livres sur le 27. Il gagna. La seconde
gagna de nouveau. Un bénéfice to
cinq cents livres.

Un Arabe assis à côté de Henr

— Je viens juste de perdre ci
livres. Comment faites-vous pou

— La chance, uniquement la
Henry.

Il passèrent dans la salle d
une demi-heure, Henry gagna
mentaires. Puis il partit. De
dit :

— A présent, je vous cr

Une année plus tard, il avait envoyé un peu plus de huit millions de livres à John Winston, à Lausanne. Tous les jours ouvrables, l'argent était versé à une société suisse appelée Orphelinats S.A. Personne, en dehors de John Winston et de Henry, ne savait d'où provenait l'argent et à quoi il servirait. Quant aux autorités suisses, elles ne veulent jamais savoir d'où il vient. L'argent était viré par des banques. Le virement du lundi était toujours le plus important car il comprenait les gains du vendredi, du samedi et du dimanche, jours de fermeture des banques. Henry voyageait à une vitesse stupéfiante, et souvent la seule indication dont disposait John Winston quant à ses lieux de séjour était l'adresse de la banque qui avait ordonné le virement. Un jour, c'était une banque de Manille. Le jour suivant, de Bangkok, de Las Vegas, de Curaçao, de Freeport, de Grand Cayman, de San Juan, de Nassau, de Londres, de Biarritz. De n'importe où et de partout, de toutes les villes qui possédaient un grand casino.

Pendant sept ans, tout se passa très bien. Près de cinquante millions de livres étaient arrivées à Lausanne et mises en sûreté. John Winston avait déjà fait construire trois orphelinats, un en France, un en Angleterre et un aux Etats-Unis. Cinq autres étaient en cours de construction. Il se produisit alors un petit incident. Le téléphone arabe fonctionne entre les propriétaires de casinos et, bien que Henry fît toujours extrêmement attention à ne jamais prendre trop d'argent en une nuit, au même endroit, la nouvelle finit par se répandre. Henry avait attiré l'attention sur lui, une nuit, à Las Vegas, après avoir

empoché un peu imprudemment cent mille dollars dans chacune des trois maisons de jeu appartenant à un même groupe.

Alors voici ce qui arriva ensuite. Le lendemain matin, Henry préparait ses bagages dans sa chambre d'hôtel pour aller à l'aéroport ; soudain, on frappa à la porte. Un groom entra et lui murmura que deux individus l'attendaient dans le hall d'entrée. D'autres individus gardaient la sortie de derrière, et ils n'avaient pas l'air commode, ajouta le groom. Il ne lui donnait pas grande chance de s'en sortir s'il descendait à ce moment-là.

— Pourquoi êtes-vous venu m'avertir ? lui demanda Henry. Vous êtes de mon côté ?

— Je ne suis ni d'un côté ni de l'autre, répondit le groom. Mais tout le monde sait que vous avez gagné une grosse somme la nuit dernière, et je pensais que vous pourriez me donner un joli cadeau pour le renseignement.

— Merci. Mais comment faire pour partir ? Je vous donne mille dollars si vous pouvez me faire sortir d'ici.

— Facile, fit le groom.

Déshabillez-vous et mettez mon uniforme. Traversez le hall d'entrée avec votre valise. Mais avant, ligotez-moi. Je resterai ici, pieds et poings liés.

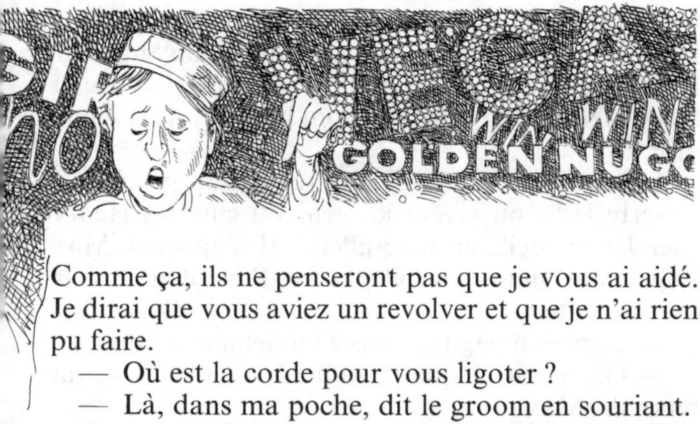

Comme ça, ils ne penseront pas que je vous ai aidé. Je dirai que vous aviez un revolver et que je n'ai rien pu faire.

— Où est la corde pour vous ligoter ?

— Là, dans ma poche, dit le groom en souriant.

Henry revêtit l'uniforme vert et or, qui ne lui allait pas si mal. Puis il ligota le groom avec la corde et le bâillonna en lui mettant un mouchoir dans la bouche. Du travail propre et net. Enfin, il glissa dix billets de cent dollars sous le tapis. Le groom les prendrait plus tard.

En bas, dans le hall, deux tueurs aux cheveux noirs, courts et épais observaient les gens qui sortaient de l'ascenseur. Ils regardèrent à peine l'homme en uniforme vert et or qui en sortit avec une valise et marcha tranquillement vers la porte

tournante qui donnait sur la rue. A l'aéroport, Henry changea son vol et prit l'avion suivant pour Los Angeles. « A présent, ce ne sera plus aussi facile », se dit-il. Mais ce groom lui avait donné une idée.

A Los Angeles, à Hollywood tout proche, à Beverly Hills où vivent les gens du cinéma, Henry chercha le meilleur maquilleur. Il s'appelait Max Engelman. Henry lui téléphona. Il voulait le voir tout de suite.

— Combien gagnez-vous ? lui demanda Henry.

— Oh, environ quatre mille dollars par an, lui répondit Max.

— Je vous en donne cent mille si vous devenez mon maquilleur et si vous m'accompagnez partout.

— De quoi s'agit-il ?

— Je vais tout vous dire.

Et il le fit. Max fut la deuxième personne, après John Winston, à qui Henry raconta tout. Et quand Henry montra à Max comment il pouvait lire les cartes, Max en resta éberlué.

— Ciel ! s'écria-t-il. Vous pouvez faire fortune !

— C'est déjà fait. J'ai fait dix fois fortune. Mais je veux dix fois plus d'argent !

Il exposa son projet sur les orphelinats. Avec l'aide de John Winston, il en avait déjà fait construire trois, cinq autres étaient en voie de réalisation.

Max était un petit homme à peau mate, qui avait fui Vienne à l'arrivée des nazis. Il n'avait aucune attache, il ne s'était jamais marié.

— C'est fou ! criait-il, terriblement enthousiaste. C'est la chose la plus folle que j'aie jamais entendue. Je m'associe à vous ! Allons-y !

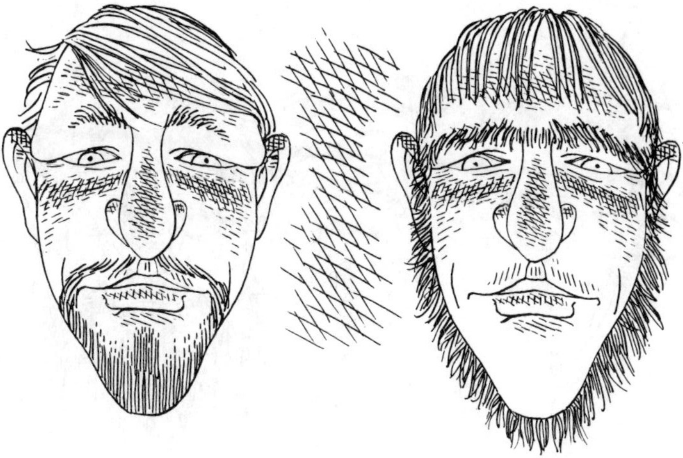

A partir de ce jour, Max Engelman voyagea partout avec Henry. Il avait une malle avec un assortiment fantastique de perruques, de fausses barbes, de favoris, de moustaches et d'autres accessoires de maquillage. Il pouvait transformer son patron en trente ou quarante personnages qui le rendaient méconnaissable. Et les directeurs de casinos, qui pourtant recherchaient Henry, ne le reconnurent jamais. Pour preuve, une année seulement après l'épisode de Las Vegas, Henry et Max retournèrent dans cette cité dangereuse pour Henry. Par une chaude nuit étoilée, il empocha tranquillement huit mille dollars dans le premier des casinos qu'il avait visités auparavant. Il s'était déguisé en vieux diplomate brésilien, et l'on n'y vit que du feu. Maintenant que Henry ne pouvait plus paraître sous ses vérita-

bles traits dans les maisons de jeu, il fallait veiller à plein d'autres détails, se procurer de fausses cartes d'identité ou de faux passeports. A Monte-Carlo, par exemple, un joueur doit toujours montrer son passeport avant d'entrer. Henry visita Monte-Carlo plus de onze fois grâce au concours de Max, avec à chaque visite un déguisement et un passeport différents.

Max adorait son travail. Il aimait créer de nouveaux personnages pour Henry.

— J'en ai un tout nouveau ! s'écria-t-il. Attendez de voir ce dernier ! Aujourd'hui, vous serez un cheikh arabe du Koweït.

— Avez-vous un passeport ou des papiers arabes ?

— J'ai tout ce qu'il faut. John Winston m'a

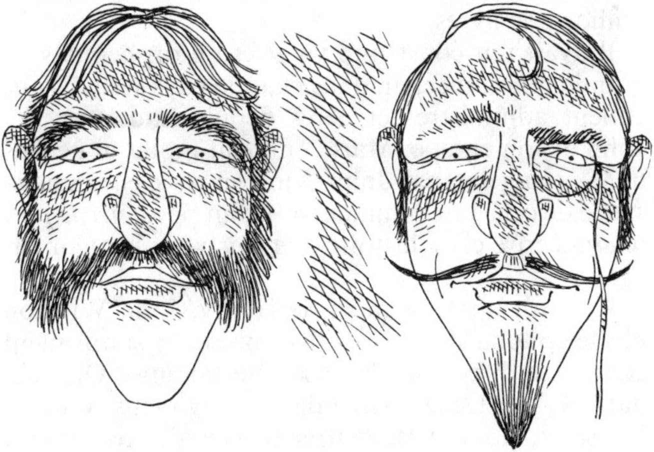

envoyé un joli passeport au nom de Son Altesse Royale le cheikh Abu Bin Bey !

Et la vie continua ainsi. Au fil du temps, Max et Henry devinrent comme des frères, deux croisés. Ils sillonnaient les cieux, écumaient les casinos du monde entier et envoyaient l'argent gagné à John Winston en Suisse. La société Orphelinats S.A. devenait de plus en plus riche.

Henry mourut l'année dernière à soixante-trois ans, sa tâche accomplie. Il s'était entièrement dévoué à son œuvre au cours des vingt dernières années. Son agenda personnel comportait une liste de trois cent soixante et un casinos importants dans vingt et un pays différents. Il y avait joué de nombreuses fois sans jamais perdre. Selon les comptes de

John Winston, il avait amassé cent quarante-quatre millions de livres.

Il avait fait construire vingt et un orphelinats de grande renommée, un dans chaque pays visité. Tous étaient administrés et gérés depuis Lausanne par John et son équipe. Mais comment moi, qui ne suis ni Max Engelman ni John Winston, ai-je eu connaissance de cela ? Et comment ai-je fait pour *être le premier* à écrire cette histoire ? Je vais vous le raconter.

Aussitôt après la mort de Henry, John Winston me téléphona de Suisse. Il se présenta simplement comme le directeur d'une société nommée Orphelinats S.A., et me demanda si je voulais venir à Lausanne pour le rencontrer en vue d'écrire un bref historique de cette institution. Je ne sais pas comment il avait trouvé mon nom. Il devait avoir une liste d'écrivains et avait dû choisir au hasard. Il me paierait, disait-il. Puis il ajouta :

— Un homme remarquable est mort récemment. Son nom était Henry Sugar. Je pense que les gens seraient intéressés par son histoire.

Comme j'ignorais tout, je lui demandai si l'histoire était vraiment assez captivante pour mériter d'être écrite.

— D'accord, fit l'homme qui contrôlait maintenant cent quarante-quatre millions de livres. Oubliez ça. Je vais demander à quelqu'un d'autre. Il y a dès tas d'écrivains.

Je me sentis piqué au vif.

— Non, attendez, dis-je. Pouvez-vous au moins me dire qui était ce Henry Sugar et ce qu'il a fait ? Je n'ai jamais entendu parler de lui.

En cinq minutes, John Winston me dévoila une

partie du secret de la vie de Henry Sugar. Il n'était plus tenu au secret puisque Henry était mort et qu'il ne jouerait plus. J'écoutais, captivé.

— Je prends le prochain avion, dis-je.

— Merci, je suis très content, répondit-il.

A Lausanne, je rencontrai John Winston, âgé de plus de soixante-dix ans à présent, et Max Engelman, qui avait à peu près le même âge. La mort de Henry les avaient bouleversés. Max plus que John Winston, car il avait vécu à ses côtés tous les jours pendant plus de treize ans.

— Je l'adorais, dit Max dont le visage s'assombrit. C'était un grand homme. Il ne pensait jamais à lui. Il ne gardait jamais un penny de l'argent qu'il avait gagné, à l'exception de ses frais de voyage et de nourriture. Tenez, une fois, on était à Biarritz, et il venait juste de passer à la banque remettre un chèque d'un demi-million de francs pour John. C'était l'heure du repas, et on cherchait un endroit simple pour déjeuner d'une omelette et d'une bouteille de vin. Lorsque vint l'addition, Henry n'avait plus un sou sur lui. Et moi non plus. Quel homme merveilleux !

John Winston me raconta tout ce qu'il savait. Il me montra le cahier bleu sombre écrit par le docteur John Cartwright, à Bombay en 1934, et je le recopiai mot pour mot.

— Henry l'emportait tout le temps avec lui, dit John Winston. A la fin, il le connaissait par cœur.

Il me montra les livres de comptes de la société Orphelinats S.A., avec les sommes gagnées par Henry jour après jour depuis vingt ans. C'était renversant à voir.

Quand ce fut fini, je lui dis :

— Il y a un grand trou dans votre histoire, monsieur Winston. Vous ne m'avez presque rien dit sur les voyages de Henry et sur ses aventures dans les casinos du monde entier.

— C'est l'histoire de Max. Il connaît tout sur ce sujet, puisqu'ils vivaient ensemble. Mais il dit qu'il veut essayer de l'écrire lui-même. Il a déjà commencé.

— Alors, pourquoi n'écrirait-il pas toute l'histoire ? demandai-je.

— Il n'en a pas envie. Il veut simplement raconter ce qui s'est passé entre lui et Henry. Ce sera une belle histoire, si jamais il la termine. Mais il est vieux à présent, comme moi, et je doute qu'il y parvienne.

— Une dernière question. Vous continuez à l'appeler Henry Sugar. Et pourtant, vous m'avez dit que ce n'était pas son nom. Vous ne voulez pas que je dise son vrai nom quand je raconterai l'histoire ?

— Non. Max et moi, on a promis de ne jamais le révéler. Oh, probablement, tôt ou tard, cela se saura. Après tout, il appartenait à une famille anglaise très connue. Mais je préférerais que vous n'essayiez pas de découvrir sa véritable identité. Appelez-le simplement M. Henry Sugar.

Et c'est ce que j'ai fait.

Achevé d'imprimer le 24 décembre 1990
sur les presses de l'Imprimerie Hérissey à Évreux (Eure)

N° d'imprimeur : 53410 — Dépôt légal : Décembre 1990
1er dépôt légal dans la même collection : août 1986
ISBN 2-07-033361-2
Imprimé en France

51545